FOLIO POLICIER

# Georges Simenon

# L'inspecteur Cadavre

Une enquête
du commissaire Maigret

Gallimard

Georges Simenon naît à Liège le 13 février 1903. Après des études chez les jésuites, il devient, en 1919, apprenti pâtissier, puis commis de librairie, et enfin reporter et billettiste à *La Gazette de Liège*. Il publie en souscription son premier roman, *Au pont des Arches*, en 1921, et quitte Liège pour Paris. Il se marie en 1923 avec «Tigy», et fait paraître des contes et des nouvelles dans plusieurs journaux. *Le roman d'une dactylo*, son premier roman «populaire», paraît en 1924, sous un pseudonyme. Jusqu'en 1930, il publie contes, nouvelles, romans chez différents éditeurs.

En 1931, le commissaire Maigret commence ses enquêtes… On tourne les premiers films adaptés de l'œuvre de Georges Simenon. Il alterne romans, voyages et reportages, et quitte son éditeur Fayard pour les Éditions Gallimard où il rencontre André Gide.

Durant la guerre, il est responsable des réfugiés belges à La Rochelle et vit en Vendée. En 1945, il émigre aux États-Unis. Après avoir divorcé et s'être remarié avec Denyse Ouimet, il rentre en Europe et s'installe définitivement en Suisse.

La publication de ses œuvres complètes (72 volumes!) commence en 1967. Cinq ans plus tard, il annonce officiellement sa décision de ne plus écrire de romans.

Georges Simenon meurt à Lausanne en 1989.

# 1

## *Le petit train du soir*

Maigret regardait le monde avec de gros yeux maussades, donnant sans le vouloir à sa personne cette fausse dignité, cette importance qu'on affecte après les heures vides passées dans un compartiment de chemin de fer. Alors, bien avant que le train ralentisse pour entrer en gare, on voit des hommes gonflés dans d'énormes pardessus sortir de chaque alvéole, une serviette de cuir ou une valise à la main, et, avec l'air de ne pas se préoccuper les uns des autres, rester debout dans le couloir, une main négligemment accrochée à la tringle de cuivre qui barre la vitre.

Celle-ci était zébrée horizontalement de grosses larmes de pluie. Dans cette eau transparente, le commissaire vit d'abord éclater en mille rayons aigus la lumière d'un poste d'aiguillage, car il faisait nuit. Puis, sans transition, ce furent, en contrebas, des rues rectilignes, luisantes comme des canaux, des maisons qui paraissaient absolument pareilles, des fenêtres, des seuils, des trottoirs, et, dans cet univers, une seule silhouette humaine, un homme vêtu d'un caban qui allait Dieu sait où.

Maigret bourra sa pipe, lentement, soigneusement. Pour l'allumer, il se tourna dans le sens de la marche. Quatre ou cinq voyageurs qui, comme lui, attendaient l'arrêt du train pour s'élancer dans les rues désertes ou pour foncer vers le buffet de la gare, le séparaient du fond du couloir et, parmi ces personnes, il reconnut un pâle visage qui se détourna vivement.

C'était Cadavre !

La première réaction du commissaire fut de grogner :

— Il a fait semblant de ne pas me voir, l'idiot.

La seconde fut de froncer les sourcils. Mais qu'est-ce que l'inspecteur Cavre irait faire à Saint-Aubin-les-Marais ?

Le train ralentissait, stoppait en gare de Niort. Sur le quai mouillé et froid, Maigret héla un employé.

— Pour Saint-Aubin, s'il vous plaît ?

— Huit heures dix-sept, troisième voie…

Il avait une demi-heure devant lui et, après un instant passé dans l'urinoir, tout au bout du quai, il poussa la porte du buffet, se dirigea vers une des nombreuses tables inoccupées et se laissa tomber sur une chaise, se préparant à attendre sans rien faire dans la lumière poussiéreuse.

Cadavre était là, exactement à l'autre bout de la salle, assis comme lui devant une table sans nappe, et Cadavre, une fois de plus, feignait de ne pas le voir.

Le nom de l'homme était Cavre, Justin Cavre, et non Cadavre, bien entendu, mais il y avait vingt ans qu'on lui avait donné le surnom d'inspecteur Cadavre et c'était toujours ce sobriquet qu'on employait à la Police Judiciaire quand on parlait de lui.

Il était ridicule, dans son coin, l'air constipé, à prendre des poses inconfortables pour ne pas regarder dans la direction de Maigret. Il savait que celui-ci l'avait bien vu. Décharné, blafard, les paupières rouges, il faisait penser à ces gamins qui, à la récréation, se morfondent à l'écart en cachant sous leur hargne leur envie de jouer avec les autres.

C'était bien là le caractère de Cavre. Il était intelligent. C'était même, probablement, l'homme le plus intelligent que Maigret eût connu dans la police. Ils avaient à peu près le même âge. À vrai dire, Cavre avait un peu plus d'instruction et peut-être, s'il avait persévéré, serait-il passé commissaire avant Maigret ?

Pourquoi, tout jeune, semblait-il déjà porter sur ses maigres épaules le poids de Dieu sait quelle malédiction ? Pourquoi regarder tout le monde de travers comme s'il suspectait chacun de nourrir à son égard des intentions perfides ?

— L'inspecteur Cadavre vient de commencer sa neuvaine…

C'était un mot qu'on entendait souvent, jadis, quai des Orfèvres. Pour un oui ou pour un non, sans raison parfois, Cavre, soudain, commençait une cure de silence et de méfiance, une cure de haine, eût-on dit. Huit jours durant il n'adressait la parole à personne, et parfois on le surprenait à ricaner tout seul, comme un homme qui a percé à jour les noirs desseins de ceux qui l'entourent.

Peu de gens savaient pourquoi il avait quitté brusquement la police officielle. Maigret lui-même ne l'avait appris que plus tard et il avait eu pitié.

Cavre était amoureux fou de sa femme, il avait pour elle une passion jalouse, ravageuse, non de mari, mais d'amant. Que pouvait-il trouver d'extraordinaire à cette créature vulgaire, aux allures agressives de demi-mondaine ou de fausse vedette de cinéma ? Toujours est-il qu'à cause d'elle il avait commis dans son service de graves irrégularités. On avait découvert de vilaines affaires d'argent. Un soir, Cavre était sorti, tête basse, les épaules rentrées, du bureau du directeur, et quelques mois plus tard on apprenait qu'il avait monté, rue Drouot au-dessus d'une boutique de timbres-poste, une agence de police privée.

Des gens dînaient, chacun entouré d'une zone d'ennui et de silence. Maigret but son demi, s'essuya la bouche, saisit sa valise et passa à moins de deux mètres de son ancien collègue, tandis que celui-ci regardait fixement un crachat sur le plancher.

Le petit train était déjà sur la troisième voie, noir et mouillé. Maigret s'installa dans le froid humide d'un compartiment d'ancien modèle et chercha en vain à fermer hermétiquement la glace.

Il y eut des allées et venues sur le quai, des bruits si familiers qu'on les traduit inconsciemment. Deux ou trois fois la portière s'ouvrit, une tête se montra. Chaque voyageur a la manie de chercher un compartiment vide. À la vue de Maigret, la portière se refermait.

Quand, le train en marche, le commissaire gagna le couloir pour lever une glace qui faisait courant d'air, il vit, dans le compartiment voisin du sien, l'inspecteur Cadavre qui faisait semblant de dormir.

Cela n'avait aucune importance. C'était idiot de s'en préoccuper. D'ailleurs, toute l'histoire était ridicule et Maigret avait envie de s'en débarrasser d'un bon haussement d'épaules.

Qu'est-ce que cela pouvait lui faire que Cavre allât comme lui à Saint-Aubin ?

Du noir défilait derrière les vitres, avec parfois le point clignotant d'une lumière au bord d'une route, le passage de phares d'auto, ou encore, plus mystérieux, plus attirant, le rectangle jaunâtre d'une fenêtre.

Le juge d'instruction Bréjon, ce délicieux bonhomme timide et d'une politesse de l'autre siècle, lui avait répété :

— Mon beau-frère Naud vous attendra à la gare. Je l'ai prévenu de votre arrivée.

Et Maigret ne pouvait s'empêcher de penser en tirant sur sa pipe :

— Mais qu'est-ce que ce bougre de Cadavre va faire là-bas ?

Le commissaire n'était même pas en mission. Le juge d'instruction Bréjon, avec qui il avait si souvent travaillé, lui avait envoyé un petit mot lui demandant de lui faire le plaisir de passer un instant à son cabinet.

On était en janvier. Il pleuvait à Paris comme à Niort. Il y avait plus d'une semaine qu'il pleuvait et qu'on n'avait pas aperçu le soleil un seul instant. Dans le cabinet du juge, la lampe, sur le bureau, était coiffée d'un abat-jour vert. Et pendant que M. Bréjon parlait, en essuyant sans cesse les verres de ses lunettes, Maigret pensait qu'il y avait un abat-jour vert dans son bureau aussi, mais que celui du juge était côtelé comme un melon.

— ... suis tout à fait confus de vous déranger... surtout qu'il n'est pas question de service... Asseyez-vous... Mais si... Cigare ?... savez peut-être que j'ai épousé une demoiselle Lecat... Peu importe... Ce n'est pas ce que je veux dire... Ma sœur, Louise Bréjon, est devenue Naud par son mariage...

Il était tard. Les gens qui, de la rue, voyaient de la lumière derrière les vitres du cabinet du juge, dans la masse sombre du redoutable Palais de Justice, devaient supposer que de graves questions se débattaient là-haut.

Et en regardant Maigret, massif, le front soucieux, on avait une telle impression de force réfléchie que nul, sans doute, n'aurait deviné à quoi il pensait.

Or, tout en écoutant d'une oreille distraite l'histoire que lui racontait le magistrat barbichu, il pensait à cet abat-jour vert, à celui de son bureau, il enviait l'abat-jour à côtes et rêvait de s'en procurer un pareil.

— Vous comprenez la situation... Petit, tout petit pays... Vous verrez vous-même... On est à mille lieues de tout... La jalousie, l'envie, la méchanceté gratuite... Cet homme excellent et simple qu'est mon beau-frère... Quant à ma nièce, c'est une enfant... Si vous acceptez, je demanderai pour vous un congé exceptionnel d'une semaine et la reconnaissance de tous les miens se joindra à celle que... à celle qui...

Voilà comment on se laisse embarquer dans une aventure stupide. Qu'est-ce que le petit juge lui avait raconté au juste ? Il était resté provincial. Comme tous les provinciaux, il se perdait volontiers dans les histoires de familles dont il prononçait les noms comme des noms historiques.

Sa sœur, Louise Bréjon, avait épousé Étienne Naud. Le juge ajoutait, comme si le personnage était connu du monde entier :

— Le fils de Sébastien Naud, vous comprenez ?...

Or, Sébastien Naud était tout bonnement un gros marchand de bestiaux de Saint-Aubin, village perdu au plus profond des marais de Vendée.

— Étienne Naud est, par sa mère, allié aux meilleures familles du pays.

Bon. Et après ?

— Leur maison, à un kilomètre du bourg, touche presque à la voie de chemin de fer, le chemin de fer qui va de Niort à Fontenay-le-Comte... Voilà trois semaines environ, un jeune homme du pays, un garçon d'assez bonne famille d'ailleurs, du moins par sa mère qui est une Pelcau, a été trouvé mort sur le ballast... Au premier moment, tout le monde a cru à un accident et j'y crois encore... Mais, depuis, des bruits ont couru... Des lettres anonymes ont circulé... Bref, en ce moment, mon beau-frère est dans une situation épouvantable, car on l'accuse presque ouvertement d'avoir tué ce garçon... Il m'avait écrit à ce sujet une lettre assez vague... J'ai écrit à mon tour, pour obtenir de plus amples renseignements, au procureur de Fontenay-le-Comte, car Saint-Aubin dépend judiciairement de Fontenay. Contrairement à mon attente, j'ai appris que les accusations étaient assez sérieuses et qu'il sera sans doute difficile d'éviter l'ouverture d'une instruction… Voilà pourquoi, mon cher commissaire, je me suis permis de vous appeler, à titre tout à fait amical…

Le train s'arrêta. Maigret essuya la buée sur la vitre et ne vit qu'une construction minuscule, une seule lampe, un bout de quai, un unique employé qui courait le long du convoi et qui sifflait déjà. Une portière claqua et le train repartit. Mais ce n'était pas la portière du compartiment voisin qui avait claqué, l'inspecteur Cadavre était toujours là.

Une ferme, par-ci par-là, loin ou près, toujours en contrebas, et, quand on voyait une lumière, celle-ci se reflétait invariablement sur une surface d'eau, comme si le train eût côtoyé un lac.

— Saint-Aubin !…

Il descendit. Ils étaient exactement trois personnes à descendre : une très vieille femme embarrassée d'un cabas d'osier noir, Cavre et Maigret. Au milieu du quai se tenait un homme très grand, très large, guêtré de cuir, une veste de cuir sur le dos, et il y eut chez cet homme une curieuse hésitation.

C'était Naud, évidemment. Son beau-frère le juge lui avait annoncé l'arrivée du commissaire. Mais lequel, des deux hommes qui descendaient du train, était Maigret ?

Il s'avança d'abord vers le plus maigre. Déjà il portait la main à son chapeau ; sa bouche s'entrouvrait pour une question hésitante. Mais Cavre passait, dédaigneux, Cavre avait l'air de savoir et de dire, par son attitude :

— Ce n'est pas moi. C'est l'autre.

Le beau-frère du juge fit volte-face.

— Le commissaire Maigret, je pense ?... Excusez-moi de ne pas vous avoir reconnu tout de suite... Votre photographie a paru si souvent dans les journaux... Mais dans notre petit trou, vous comprenez...

Il lui avait pris sa valise des mains, d'autorité, et, comme le commissaire cherchait son billet dans sa poche, il lui dit en le poussant, non vers la gare, mais vers le passage à niveau :

— C'est inutile...

Et, se tournant vers le chef de gare :

— Bonsoir, Pierre...

Il pleuvait toujours. Un cheval attelé à une char-rette anglaise était attaché à un anneau.

— Montez, je vous en prie... Par ce temps-là, le chemin est à peu près impraticable aux autos...

Où était Cavre ? Maigret l'avait vu foncer dans le noir. L'envie lui venait, trop tard, de le suivre. D'ailleurs, cela n'aurait-il pas paru ridicule, dès son arrivée, de laisser son hôte en plan et de se précipiter sur les pas d'un autre voyageur ?

On ne voyait pas de village. Rien qu'un réverbère, à cent mètres de la gare, parmi des grands arbres où semblait s'amorcer une route.

— Étalez la capote sur vos jambes. Mais si. Malgré la capote, vous aurez les genoux mouillés, car nous allons contre le vent... Mon beau-frère m'a écrit une longue lettre à votre sujet... J'ai honte qu'il ait dérangé un homme comme vous pour une affaire de si peu d'importance... Vous ne savez pas comment sont les gens des campagnes...

Il laissait pendre le bout de son fouet sur la croupe mouillée du cheval et les roues de la voiture pénétraient profondément dans la boue noire d'un chemin parallèle à la voie de chemin de fer. De l'autre côté, les lanternes éclairaient vaguement une sorte de canal.

Une silhouette humaine surgit soudain comme du néant, on distingua un homme qui avait sa veste sur la tête et qui se gara.

— Bonsoir, Fabien ! cria Étienne Naud, comme il avait hélé le chef de gare, en homme qui connaît tout le monde, en seigneur du pays qui appelle chacun par son prénom.

Mais où diable pouvait être Cavre ? Maigret avait beau faire, c'était à lui et rien qu'à lui qu'il pensait.

— Il y a un hôtel à Saint-Aubin ? questionna-t-il.

Son compagnon eut un rire bon enfant.

— Il n'est pas question d'hôtel, voyons ! Nous avons de la place à la maison. Votre chambre est prête. Nous avons retardé le dîner d'une heure, car j'ai pensé que vous n'auriez pas mangé en route. J'espère que vous n'avez pas eu la mauvaise idée de dîner au buffet de Niort ? je vous préviens que notre hospitalité est toute simple...

Maigret s'en fichait, de son hospitalité. C'était Cavre qui le préoccupait.

— Je voulais savoir si le voyageur qui est descendu en même temps que moi...

— Je ne le connais pas, se hâta d'affirmer Étienne Naud.

Pourquoi ? Ce n'était pas cela que Maigret lui demandait.

— Je voulais savoir s'il aura trouvé à se loger...

— Parbleu ! Je ne sais pas comment mon beau-frère vous a décrit le pays. Depuis qu'il l'a quitté pour Paris, il doit voir Saint-Aubin sous forme d'un hameau insignifiant. Mais c'est presque une petite ville, cher monsieur. Vous n'en avez rien vu, parce que la gare est assez éloignée de l'agglomération. Il existe deux excellentes auberges, le *Lion d'Or*, tenu par le père Taponnier, le vieux François, comme tout le monde l'appelle et, juste en face, l'*Hôtel des Trois Mules*... Tenez ! Nous sommes presque arrivés... Cette lumière que vous apercevez... Oui... C'est notre modeste bicoque...

Bien entendu, rien qu'au ton qu'il prenait pour en parler, on était sûr que c'était une grosse maison, et c'en était une, en effet, vaste, trapue, avec quatre fenêtres éclairées au rez-de-chaussée et une lampe électrique qui brillait comme une étoile à l'extérieur, au milieu de la façade, pour éclairer les arrivants.

Derrière, on devinait une vaste cour bordée d'étables dont on recevait les bouffées chaudes et odorantes. Un valet se précipitait déjà à la tête du cheval, la porte de la maison s'ouvrait, une servante s'avançait pour prendre les bagages du voyageur.

— Et voilà !... Vous voyez que la route n'est pas longue... Quand on a bâti cette maison, on ne prévoyait malheureusement pas que le chemin de fer passerait un jour presque sous nos fenêtres... Certes, on s'y habitue, surtout qu'il passe très peu de trains, mais… Entrez, je vous en prie… Débarrassez-vous…

À cet instant précis, Maigret pensait :

— Il a parlé tout le temps.

Puis il fut un moment sans pouvoir penser, parce que trop de pensées l'envahissaient et qu'une atmosphère nouvelle l'entourait de plus en plus étroitement.

Le corridor était large, dallé de carreaux gris, les murs couverts jusqu'à hauteur d'homme de lambris de bois sombre. La lampe électrique était enfermée dans une lanterne aux vitres de couleur. Un large escalier de chêne, couvert d'un tapis rouge, conduisait à l'étage et sa rampe était lourde, bien cirée. Il régnait d'ailleurs dans la maison une savoureuse odeur de cire, de cuisine mijotée, avec un rien en plus, de doux et d'aigre tout ensemble, qui apparut à Maigret comme le fumet de la campagne.

Ce qu'il y avait de plus remarquable, c'était le calme, un calme qu'on eût dit éternel. On sentait que, dans cette maison, les meubles et les objets étaient à leur place depuis des générations et que les gens eux-mêmes, dans leurs allées et venues, obéissaient à des rites précis qui défiaient l'imprévu.

— Voulez-vous monter un instant dans votre chambre avant de vous mettre à table ? Nous sommes en famille, n'est-ce pas ? Nous ne ferons pas de façons…

Le maître de maison poussa une porte et deux personnes se levèrent en même temps dans un salon feutré d'intimité.

— Je te présente le commissaire Maigret... Ma femme...

Elle avait cet air effacé du juge d'instruction Bréjon, la même affabilité que donne une certaine éducation bourgeoise, mais l'espace d'une seconde, Maigret crut sentir quelque chose de plus dur, de plus aigu dans son regard.

— Je suis confuse que mon frère vous ait dérangé par un temps pareil...

Comme si la pluie changeait quelque chose à ce voyage, en devenait un élément important !

— Je vous présente un ami de la maison, monsieur le commissaire Alban Groult-Cotelle, dont mon beau-frère vous a sans doute parlé...

Est-ce que le juge en avait parlé ? Peut-être, après tout. Maigret était si préoccupé par l'abat-jour vert à côtes !

— Enchanté, monsieur le commissaire. Je suis un de vos grands admirateurs...

Maigret aurait pu lui répondre :

— Moi pas.

Car il avait en horreur les gens du type de Groult-Cotelle.

— Tu nous serviras le porto, Louise ?

Celui-ci était préparé sur la table du salon. La lumière était diffuse. Peu de lignes nettes et même pas du tout. Des fauteuils anciens, la plupart recouverts de tapisserie. Des tapis aux tons neutres ou passés. Dans la cheminée, un feu de bûches devant lequel un chat s'étirait.

— Asseyez-vous, je vous en prie... Groult-Cotelle est venu dîner avec nous, en voisin...

Chaque fois qu'on prononçait son nom, celui-ci saluait avec affectation comme un grand seigneur qui, parmi des gens de peu, se donne la coquetterie d'être aussi cérémonieux que dans un salon.

— On veut bien réserver un couvert dans cette maison au vieux solitaire que je suis…

Solitaire, oui et sans doute célibataire. Cela se sentait à Dieu sait quoi, mais cela se sentait. Prétentieux. Inutile. Plein de manies et de bizarreries et fort satisfait de les avoir.

Il devait être vexé de n'être pas comte ou marquis, de n'avoir même pas de particule devant son nom, mais du moins avait-il ce prénom précieux d'Alban qu'il aimait entendre prononcer, puis ce nom à compartiments avec un trait d'union.

Âgé d'une quarantaine d'années, il était long et maigre, d'une maigreur qu'il devait juger aristocratique. Ce qui trahissait l'homme sans femme, c'était peut-être cette apparence poussiéreuse de sa personne pourtant soignée, ce visage terne, ce front déjà déplumé. Il portait des vêtements élégants, de teintes rares, qui semblaient n'avoir jamais été neufs, mais qui semblaient aussi ne jamais devoir vieillir ni s'user, de ces vêtements qui font corps avec le personnage et dont on ne change pas. Par la suite, Maigret devait toujours le voir avec le même veston verdâtre, très gentilhomme campagnard, la même épingle en fer à cheval sur une cravate de piqué blanc.

— Le voyage ne vous a pas trop fatigué, monsieur le commissaire ? questionnait Louise Bréjon en lui tendant un verre de porto.

Et lui, carré dans son fauteuil que la maîtresse de

maison devait craindre de voir s'écraser sous sa masse, était en proie à des sensations si diverses qu'il en était un peu hébété et que pendant une partie de la soirée, il dut paraître assez peu intelligent à ses hôtes.

Il y avait la maison d'abord, cette maison qui était le prototype même de ce qu'il avait si souvent rêvé, avec ses murs rassurants entre lesquels l'air était aussi épais qu'une matière solide. Les portraits encadrés lui rappelaient le long bavardage du juge d'instruction au sujet des Naud, des Bréjon, des La Noue, car les Bréjon étaient alliés aux La Noue par leur mère et on avait envie d'adopter comme ancêtres tous ces personnages graves et un peu compassés.

Les odeurs de cuisine annonçaient une chère soignée, les heurts de porcelaine et de cristaux disaient la table qu'on dressait avec soin dans la salle à manger voisine. Dans l'écurie, le valet devait bouchonner la jument et deux longs rangs de vaches rousses ruminaient dans l'étable.

C'était la paix du bon Dieu, c'était l'ordre, c'était la vertu et c'étaient en même temps les petits tics, tous les petits travers savoureux des familles simples qui vivent repliées sur elles-mêmes.

Étienne Naud, grand et large d'épaules, le visage coloré, les yeux à fleur de tête, offrait sans cesse aux regards un visage ouvert comme pour dire :

— Vous voyez comme je suis !… Tout franc… Tout bon…

Le bon géant. Le bon patron. Le bon père de famille. L'homme qui lançait, de sa carriole :

— Bonsoir, Pierre… Bonsoir, Fabien…

Sa femme souriait timidement dans l'ombre de l'énorme bonhomme, comme pour l'excuser de prendre tant de place.

— Vous permettez un instant, monsieur le commissaire…

Mais oui. Il s'y attendait. L'excellente maîtresse de maison qui va jeter un dernier coup d'œil aux préparatifs du dîner.

Jusqu'à Alban Groult-Cotelle qui avait l'air de sortir d'une estampe, l'ami plus fin, plus racé, plus intelligent, l'ami de la famille, aux mines un tantinet condescendantes.

— Vous voyez… disait son regard. Ce sont de braves gens, de parfaits voisins… Il ne faut pas leur parler philosophie, mais, à part cela, on est fort bien chez eux et vous constaterez que le bourgogne y est authentique et la fine vénérable…

— Madame est servie…

— Si vous voulez vous asseoir à ma droite, monsieur le commissaire…

Et l'angoisse, dans tout ça? Car enfin, quand le juge Bréjon avait fait venir Maigret dans son cabinet, il était assez soucieux.

— Vous comprenez, insistait-il, je connais mon beau-frère comme je connais ma sœur et ma nièce… D'ailleurs, vous les verrez vous-même… N'empêche que cette accusation odieuse prend corps de jour en jour au point d'obliger le Parquet à s'en occuper… Mon père a été pendant quarante ans notaire à Saint-Aubin, succédant lui-même à son père… On vous montrera, au milieu du bourg, la maison de ma famille… J'en suis à me demander comment une haine aussi aveugle a pu naître en si peu de temps, gagnant de proche en proche, menaçant de rendre la vie intenable à des innocents... Ma sœur n'a jamais été forte de constitution... C'est une nerveuse qui dort peu et est sensible aux moindres contrariétés...

Tout cela, ici, ne se sentait nullement. À croire que Maigret n'avait été invité que pour faire un bon dîner suivi d'un bridge. Comme on lui servait des alouettes, on lui racontait par le menu la façon dont les paysans du Marais les pêchent littéralement la nuit en traînant des filets dans les prés.

Mais au fait, pourquoi leur fille n'était-elle pas là ?

— Ma nièce Geneviève, avait dit le juge, est une vraie jeune fille, comme on n'en voit plus que dans les romans...

Ce n'était pas l'avis de l'auteur ou des auteurs des lettres anonymes, ni de la plupart des gens du pays, puisque c'était elle, en définitive, qu'on accusait.

L'histoire était encore confuse dans l'esprit de Maigret, mais elle jurait tellement avec ce qu'il avait sous les yeux ! Selon la rumeur publique, le mort trouvé sur le ballast, Albert Retailleau, aurait été l'amant de Geneviève Naud et on affirmait même que deux ou trois fois par semaine il venait la retrouver la nuit dans sa chambre.

C'était un garçon sans fortune. Il avait à peine vingt ans. Son père, ouvrier à la laiterie de Saint-Aubin, était mort à la suite d'un accident de chaudière. Sa mère vivait d'une rente que la laiterie avait été condamnée à lui verser.

— Albert Retailleau ne s'est pas suicidé, affirmaient ses camarades. Il était trop heureux de vivre. Et il n'était pas assez bête, même s'il avait été ivre comme on le prétend, pour traverser les voies au moment du passage d'un train.

Le corps avait été retrouvé à plus de cinq cents mètres de chez Naud, à peu près à mi-chemin entre leur maison et la gare.

Oui, mais on prétendait maintenant que la casquette du garçon avait été ramassée dans les roseaux qui bordent le canal, beaucoup plus près de la maison Naud.

Il y avait une autre histoire, encore plus équivoque. Quelqu'un, en entrant chez la mère du jeune homme, Mme Retailleau, une semaine après la mort de son fils, l'aurait vue cacher précipitamment toute une liasse de billets de mille francs. Or, jamais on ne lui avait connu une pareille fortune.

— C'est dommage, monsieur le commissaire, que vous preniez contact avec notre pays en plein hiver… L'été, la région est si jolie que des gens l'appellent la Venise verte… Vous reprendrez bien un peu de poularde ?…

Et Cavre ? Qu'est-ce que l'inspecteur Cadavre venait faire à Saint-Aubin ?

On mangeait trop. On buvait trop. Il faisait trop chaud. On se retrouvait, engourdi, dans le salon, les pieds devant les bûches crépitantes.

— Mais si… Je sais que vous avez une prédilection particulière pour votre pipe mais vous prendrez bien un cigare…

Est-ce qu'ils essayaient de l'endormir ? L'idée

était ridicule. De braves gens. Rien d'autre. Le juge, à Paris, avait dû s'exagérer la chose. Et Alban Groult-Cotelle n'était qu'un solennel imbécile, un de ces inutiles de demi-luxe comme on en rencontre dans toutes les provinces.

— Vous devez être fatigué par le voyage… Quand vous désirerez vous coucher…

Cela signifiait qu'on ne parlerait de rien ce jour-là. Peut-être à cause de la présence de Groult-Cotelle ? Peut-être parce que Naud préférait ne rien dire devant sa femme ?

— Vous prenez du café le soir ?… Non ?… Pas de tisane non plus ?… Vous m'excusez si je monte, mais notre fille n'est pas très bien depuis deux ou trois jours et il faut que j'aille voir si elle n'a besoin de rien… Les jeunes filles, n'est-ce pas, c'est toujours un peu fragile, surtout dans notre climat…

Les trois hommes fument. On parle de tout, même de politique locale, car il y a une histoire de nouveau maire qui est en opposition avec toute la partie saine de la population et que…

— Eh bien ! messieurs, grogne enfin Maigret, mi-figue mi-raisin, si vous le permettez, j'irai me coucher…

— Vous coucherez ici aussi, Alban… Vous n'allez pas rentrer chez vous ce soir par le temps qu'il fait…

On monte. La chambre de Maigret est tendue de jaune, tout au fond du corridor. Une vraie chambre de souvenirs d'enfance.

— Vous n'avez besoin de rien ?… J'oubliais… Que je vous montre le petit endroit…

Il serre les mains. Il se déshabille. Il se couche. Il

entend des bruits dans la maison. De très loin lui parviennent dans son demi-sommeil comme des murmures de voix, mais bientôt tout s'éteint comme ont dû s'éteindre les lampes.

Il dort. Ou il croit dormir. Cent fois il revoit le sinistre visage de Cavre qui doit être l'homme le plus malheureux de la terre, puis il rêve que la servante aux pommettes rouges qui a servi le dîner lui apporte son petit déjeuner.

La porte s'est entrouverte. Il est sûr d'avoir entendu la porte s'entrouvrir. Il se dresse sur son séant, tâtonne, trouve enfin la poire électrique qui pend à la tête de son lit.

L'ampoule s'allume dans une tulipe de verre dépoli et il voit devant lui une jeune fille qui a passé un manteau de laine brune sur sa tenue de nuit.

— Chut… souffle-t-elle. Il fallait que je vous parle… Ne faites pas de bruit…

Et, comme une somnambule, elle s'assied sur une chaise en regardant fixement devant elle.


2

*La jeune fille en chemise de nuit*


Une nuit harassante et pourtant savoureuse. Maigret a dormi sans dormir. Il a rêvé sans rêver, c'est-à-dire qu'il gardait conscience qu'il rêvait et qu'il le faisait exprès de prolonger ses rêves à travers lesquels lui parvenaient des bruits réels.

Par exemple, les coups de pied de la jument sur le

bat-flanc étaient bien réels, mais ce qui ne l'était pas, ce qui devenait de l'artifice, c'est que Maigret, au fond de son lit où il transpirait d'abondance, vît la pénombre d'une écurie, la croupe de la bête, le râtelier où il restait du foin, vît aussi la cour où la pluie tombait toujours et où on pataugeait dans des flaques noires, vît enfin, de l'extérieur, la maison dans laquelle il se trouvait.

C'était une sorte de dédoublement. Il était dans son lit. Il jouissait intensément de la chaleur de celui-ci, de la bonne odeur de campagne qu'exhalait le matelas, d'autant plus forte que Maigret le détrempait de sueur. Mais il était en même temps dans toute la maison. Qui sait si à un moment, dans son rêve, il n'était pas la maison ?

Il avait conscience de la vie nocturne des vaches dans leur étable et, dès quatre heures du matin, il entendit les pas d'un valet qui traversait la cour, tirait le loquet : pourquoi n'aurait-il pas réellement vu, à la lumière d'une lanterne tempête, l'homme assis sur un trépied, tirant le lait dans des seaux de fer-blanc ?

Il dut se rendormir profondément, car il sursauta au vacarme de la chasse d'eau et même il eut peur, tant ce bruit fut soudain et violent. Mais l'instant d'après, il recommençait le même jeu, évoquait le maître de maison, les bretelles sur ses cuisses, sortant des cabinets et se dirigeant sans bruit vers sa chambre. Mme Naud dormait, tournée vers le mur, ou faisant semblant de dormir. Étienne Naud n'avait allumé que la petite ampoule appliquée au-dessus de la toilette. Il se rasait, les doigts engourdis par l'eau glacée. Sa peau était rose, tendue, luisante.

Puis il s'asseyait dans un fauteuil pour passer ses bottes. Au moment où il allait quitter la chambre, un murmure partait des couvertures. Qu'est-ce que sa femme lui disait? Il se penchait sur elle, lui répondait à mi-voix. Il refermait la porte sans bruit, descendait l'escalier sur la pointe des pieds et alors Maigret, qui en avait assez de cette nuit envoûtante, sortait de son lit d'un bond et allumait sa lampe.

Sa montre, qu'il avait posée sur la table de nuit, marquait cinq heures et demie. Il tendit l'oreille et eut l'impression que la pluie avait cessé ou alors, s'il pleuvait encore, c'était une pluie fine et silencieuse.

Certes, il avait bien mangé et bien bu la veille, mais il n'avait pas trop bu. Et pourtant il se retrouvait le matin comme après une soirée d'ivresse. Tout en tirant divers objets de son nécessaire de toilette, il regardait avec de gros yeux son lit défait, et surtout cette chaise placée à côté.

Il était sûr que ce n'était pas un rêve : Geneviève Naud était venue. Elle était entrée sans frapper. Elle s'était assise sur cette chaise, se tenant très droite, sans s'appuyer au dossier. Il avait d'abord cru, dans le premier moment de stupeur, qu'elle était affolée. Or c'était lui, en réalité, le plus affolé des deux. Jamais il n'avait été dans une situation aussi délicate, couché dans un lit, en chemise de nuit, les cheveux déjà ébouriffés par l'oreiller, la bouche pâteuse, tandis qu'une jeune fille s'installait à son chevet pour lui faire des confidences.

Il avait grommelé quelque chose comme :

— Si vous voulez vous retourner un moment, je me lèverai et passerai un vêtement…

— Ce n'est pas la peine… Je n'ai que deux mots à vous dire… Je suis enceinte d'Albert Retailleau… Si mon père l'apprend, personne ne m'empêchera de me tuer…

Couché comme il l'était, il ne pouvait même pas la regarder en face. Elle semblait attendre un instant l'effet de ses paroles, puis elle se levait, tendait l'oreille et, au moment de sortir de la chambre, ajoutait :

— Faites ce que vous voudrez. Je m'en remets à vous.

Maintenant encore, il avait peine à croire à la réalité de cette scène dans laquelle il avait joué un rôle de figuration couchée qui l'humiliait. Il n'était pas particulièrement coquet et pourtant il avait honte d'avoir été surpris au lit, bouffi de son premier sommeil, par une jeune fille. Le plus vexant encore, c'était l'attitude de celle-ci, qui avait à peine fait attention à lui. Elle ne l'avait pas supplié comme il aurait pu s'y attendre, elle ne s'était pas jetée à ses pieds, elle n'avait pas pleuré.

Il revoyait son visage régulier qui ressemblait un peu à celui de son père. Il n'aurait pas pu dire si elle était belle, mais il gardait un souvenir de plénitude, d'équilibre que même cette démarche insensée n'était pas parvenue à rompre.

— Je suis enceinte d'Albert Retailleau… Si mon père l'apprend, personne ne m'empêchera de me tuer…

Maigret acheva de s'habiller et alluma machinalement sa première pipe, ouvrit la porte et se dirigea à tâtons dans le corridor, faute de trouver le commutateur électrique. Il descendit l'escalier et, en bas, il ne vit de lumière nulle part, entendit par contre le bruit d'un poêle qu'on tisonnait. Il se dirigea vers ce bruit. Un filet de clarté jaune filtrait sous une porte qui donnait dans la salle à manger et, après avoir frappé un petit coup, il entra.

Il se trouvait dans la cuisine. Étienne Naud était assis au bout de la table, les coudes sur le bois blanc, et mangeait un bol de soupe tandis qu'une vieille cuisinière en tablier bleu faisait pleuvoir des cendres incandescentes de son fourneau.

Naud fut désagréablement surpris, Maigret le vit bien, mais c'était d'être vu à déjeuner dans cette cuisine comme un paysan.

— Déjà debout, commissaire ?... Vous voyez... Je garde les vieilles habitudes de la campagne... Quelle que soit l'heure à laquelle je me couche, je suis debout à cinq heures du matin... Ce n'est pas moi qui vous ai réveillé, au moins ?

À quoi bon lui dire que c'était la chasse d'eau ?

— Je ne vous offre pas un bol de soupe, car je suppose que...

— Au contraire...

— Léontine...

— Oui, monsieur, j'ai entendu... Tout de suite...

— Vous avez bien dormi ?

— Assez bien... Il me semble pourtant qu'à certain moment j'ai entendu des pas dans le corridor...

Maigret disait cela pour savoir si Naud avait surpris sa fille, mais l'étonnement de son hôte parut sincère.

— Vers quelle heure ?... Dans la soirée ?... Je

n'ai rien entendu... Il est vrai qu'il en faut beaucoup pour me tirer de mon premier sommeil... Sans doute notre ami Alban qui se sera levé pour aller au petit endroit... Que pensez-vous de ce garçon?... Sympathique, n'est-ce pas?... Beaucoup plus cultivé qu'il ne veut le paraître... On ne peut s'imaginer le nombre de livres que ce garçon arrive à lire... Il sait tout, c'est bien simple... Dommage qu'il n'ait pas eu plus de chance avec sa femme...

— Il a été marié?

Maigret, ayant trouvé que Groult-Cotelle était le type même du célibataire de province, devenait soupçonneux, comme si on lui eût caché quelque chose, comme si on eût cherché à le tromper.

— Non seulement il l'a été, mais il l'est encore. Il a deux enfants, un garçon et une fille. L'aîné doit avoir douze ou treize ans...

— Sa femme habite avec lui?

— Non... Elle vit sur la Côte d'Azur... C'est une histoire assez pénible à laquelle, dans le pays, on ne fait jamais allusion... C'était pourtant une personne d'excellente famille, une Deharme... Oui, comme le général... C'est sa nièce... Une jeune femme un peu excentrique, qui n'a pas pu comprendre qu'elle vivait à Saint-Aubin et non à Paris... Il y a eu quelques scandales... Elle a profité d'un hiver trop rigoureux pour aller s'installer à Nice et elle n'en est jamais revenue, elle vit là-bas avec ses enfants... Hum!... Elle ne vit pas seule, bien entendu...

— Son mari n'a pas demandé le divorce?

— Ici, cela ne se fait pas...

— De quel côté est la fortune?

Étienne Naud le regarda avec reproche, car il aurait préféré ne pas avoir à préciser.

— Il est certain qu'elle est très riche…

La cuisinière s'était assise pour moudre le café dans un moulin d'ancien modèle, à grosse tête de cuivre.

— Vous avez de la chance : la pluie a cessé. Mais mon beau-frère le juge, qui est cependant d'ici et qui connaît donc le pays, aurait dû vous conseiller d'emporter des bottes. Nous sommes en plein marais. Pensez que, pour aller à certaines de mes fermes, que nous appelons des cabanes, on doit, hiver comme été, utiliser un bateau… À propos de mon beau-frère, je suis un peu gêné qu'il ait osé demander à un homme comme vous…

La question qui se posait, celle que depuis la veille au soir Maigret roulait dans sa tête était celle-ci : se trouvait-il chez de braves gens qui n'avaient rien à cacher et qui traitaient de leur mieux l'hôte qu'on leur avait envoyé de Paris, ou bien lui, Maigret, était-il l'indésirable que le juge d'instruction Bréjon avait inconsidérément imposé à des personnes embarrassées qui se seraient volontiers passées de lui ?

L'idée lui vint de tenter une expérience.

— Il débarque peu de monde à la gare de Saint-Aubin, remarqua-t-il en mangeant sa soupe. Je crois qu'hier nous étions deux, en dehors d'une vieille paysanne en bonnet.

— C'est exact.

— Celui qui est descendu en même temps que moi est un homme du pays ?

Or, Étienne Naud hésita. Pourquoi ? Comme

Maigret le regardait avec trop d'attention, il eut honte de son hésitation.

— Je ne l'avais jamais vu, s'empressa-t-il de dire. Vous avez pu remarquer que j'hésitais entre vous et lui...

Alors Maigret, changeant de tactique :

— Je me demande ce qu'il est venu faire ici, ou plutôt qui l'a appelé.

— Vous le connaissez ?

— C'est un policier privé. Il faudra que, dès ce matin, je me renseigne sur ses faits et gestes. Sans doute est-il descendu dans un des deux hôtels dont vous m'avez parlé hier ?...

— Je vous y conduirai tout à l'heure avec la carriole.

— Je vous remercie, mais je préfère marcher, aller et venir au petit bonheur...

Une idée venait de le frapper. Est-ce que Naud n'avait pas compté sur le sommeil de Maigret pour aller de bonne heure au village et rencontrer l'inspecteur Cavre ?

Tout était possible et le commissaire en arrivait à se demander si la visite de la jeune fille ne faisait pas partie d'un plan établi par toute la famille.

L'instant d'après, il s'en voulait de telles pensées.

— J'espère que votre fille n'est pas sérieusement malade ?

— N... Si vous voulez que je vous dise la vérité, je ne la crois pas plus malade que moi... En dépit de nos efforts, des échos lui sont parvenus de ce qui se raconte dans le pays... Elle est fière... Toutes les jeunes filles le sont... C'est la vraie raison, je pense, de cette réclusion qu'elle s'impose depuis trois jours, et qui sait si elle n'a pas un peu honte devant vous ?…

« Ben, mon vieux ! » pensa Maigret au souvenir de la visite que la même jeune fille lui avait faite dans la nuit.

— Nous pouvons parler devant Léontine, poursuivait Naud. Elle m'a connu tout petit. Elle est dans la famille depuis… depuis quand, Léontine ?

— Depuis ma première communion, monsieur.

— Encore un peu de soupe ? Non ?… Voyez-vous, je me trouve dans une situation embarrassante et je me demande parfois si mon beau-frère n'a pas commis une erreur de tactique… Vous me répondrez qu'il connaît mieux ces choses-là que moi, puisque c'est son métier… Mais, depuis qu'il vit à Paris, il a peut-être un peu oublié l'atmosphère de notre province…

Bien difficile de croire qu'il n'était pas sincère, tant il parlait avec l'aisance d'un homme qui dit tout ce qu'il a sur le cœur. Il était là, les jambes étendues, à bourrer une pipe, tandis que Maigret achevait son déjeuner. Une bonne chaleur les enveloppait, le café qu'on passait parfumait la cuisine tandis que dans l'obscurité de la cour le valet sifflotait en faisant le pansage.

— Comprenez-moi bien… Il arrive périodiquement qu'on fasse courir des bruits sur un tel ou un tel… Je sais que, cette fois, l'accusation est grave… Je me demande pourtant s'il ne vaut pas mieux la traiter par le mépris… Vous avez accepté de répondre à l'invitation de mon beau-frère… Vous nous avez fait l'honneur de venir… À cette heure-ci, cela se sait déjà, soyez-en sûr... Les langues marchent... Je suppose que vous allez interroger les gens?... Les imaginations ne s'échaufferont que davantage et voilà pourquoi, sincèrement, je me demande si c'est la bonne méthode... Vous ne mangez plus?... Si vous n'êtes pas frileux, je vous propose bien volontiers de m'accompagner dans le petit tour de propriétaire que je fais chaque matin...

Maigret endossa son pardessus au moment où la bonne descendait, car elle se levait une heure plus tard que la vieille cuisinière. Une porte fut ouverte sur la cour froide et humide. Une heure durant, on alla d'une étable à l'autre, tandis que les cruches de lait étaient chargées sur une camionnette.

Des vaches partaient le jour même pour une foire proche et les toucheurs en blouse sombre les rassemblaient. Il y avait, au fond de la cour, un petit bureau, un petit poêle rond, une table, des registres, des casiers, un employé botté comme son patron.

— Vous m'excusez un instant?

Une seule lumière, au premier étage de la maison. C'était Mme Naud qui se levait. Groult-Cotelle dormait encore. La jeune fille aussi. La bonne astiquait la salle à manger.

Et, dans l'obscurité des cours et des communs, des hommes et des bêtes allaient et venaient, le moteur de la camionnette tournait.

— Voilà... Quelques ordres à donner... Tout à l'heure, j'irai en auto faire un tour à la foire, car j'ai des collègues à rencontrer... Si j'avais le temps et si je savais que cela vous intéressât, je vous expliquerais le mécanisme de mon affaire. Dans mes autres fermes, je fais l'élevage ordinaire, en même temps que nous travaillons pour la laiterie… Ici, nous nous occupons surtout de bêtes de race sélectionnées qui, pour la plupart, sont vendues à l'étranger… J'en expédie jusqu'en Amérique du Sud… Maintenant, je suis à votre entière disposition… D'ici une heure, il fera jour… Si vous avez besoin de l'auto… Si, au contraire, vous avez des questions à me poser… Je ne veux vous gêner en rien… Vous êtes chez vous…

Il avait le visage ouvert en parlant de la sorte, mais son front ne se rembrunit-il pas quand Maigret se contenta de répondre :

— Eh bien ! puisque vous le permettez, je vais aller faire un petit tour…


La route était spongieuse comme si le canal, qu'on voyait sur la gauche, eût passé en dessous. À droite courait le talus du chemin de fer. À un kilomètre environ, on apercevait une lumière crue qui devait être celle de la gare, car il y avait tout près des feux verts et rouges.

En se retournant vers la maison, Maigret constata que deux autres fenêtres s'étaient éclairées au premier étage, et il pensa à Alban Groult-Cotelle, se demandant pourquoi il avait été contrarié en apprenant que celui-ci était marié.

Le ciel devenait moins noir. Une des premières maisons que Maigret aperçut, en tournant à gauche devant la gare et en pénétrant dans le village, avait de la lumière au rez-de-chaussée et portait l'enseigne du *Lion d'Or*.

Il y entra. Il se trouva dans une longue salle basse où tout était brun, les murs, les poutres du plafond, les longues tables cirées et les bancs sans dossier. Tout au fond, il y avait un fourneau de cuisine qui n'était pas allumé. Une femme sans âge, penchée sur un fagot qui brûlait lentement dans l'âtre, achevait de préparer du café.

Elle se retourna un instant vers le nouveau venu, ne dit rien, et Maigret s'assit dans la mauvaise lumière d'une lampe toute poussiéreuse.

— Vous me donnerez un petit verre d'alcool du pays ! dit-il en secouant son pardessus où l'humidité de l'aube avait mis des perles grisâtres.

Elle ne répondit pas, et il crut qu'elle n'avait pas entendu. Elle continuait à tourner avec une cuiller dans sa casserole où bouillait un café peu appétissant et, quand celui-ci fut à son gré, elle en versa dans une tasse, la posa sur un plateau et se dirigea vers l'escalier en annonçant :

— Je descends tout de suite.

Maigret fut persuadé que c'était le café de Cadavre et il ne se trompait pas, il en eut la certitude quelques instants plus tard, en apercevant le pardessus de celui-ci au portemanteau.

On marchait au-dessus de sa tête, on parlait, sans qu'il pût comprendre ce que l'on disait. Cinq minutes passèrent. Puis cinq autres. Maigret frappait en vain de temps en temps le bois de la table avec une pièce de monnaie.

Enfin, après un quart d'heure, la femme redescendit, moins aimable encore qu'auparavant.

— Qu'est-ce que vous m'avez demandé ?

— Un verre d'alcool du pays.

— Je n'en ai pas.

— Vous n'avez pas d'alcool ?

— J'ai du cognac, mais pas d'alcool du pays.

— Donnez-moi donc un cognac.

Elle le servit dans un verre dont le fond était si épais qu'il ne restait guère de place pour la boisson.

— Dites-moi, madame, c'est bien chez vous qu'un de mes amis est descendu hier au soir ?

— Je ne sais pas si c'est votre ami.

— C'est lui qui vient de se lever ?

— J'ai un voyageur à qui j'ai monté son café.

— Tel que je le connais, il a dû vous poser des tas de questions, n'est-ce pas ?

Elle était allée chercher un chiffon pour essuyer les tables où les consommateurs de la veille avaient laissé des ronds de liquide.

— C'est bien chez vous qu'Albert Retailleau a passé la soirée qui a précédé sa mort ?

— Qu'est-ce que cela peut vous faire ?

— C'était un brave garçon, je pense. On m'a dit que, ce soir-là, il avait joué aux cartes. Est-ce la belote qui est à la mode dans le pays ?

— C'est la coinchée.

— Il a donc joué à la coinchée avec ses amis. Il vivait avec sa mère, n'est-ce pas ? Une brave femme, si je ne me trompe.

— Hum !…

— Vous dites ?

— Je ne dis rien. C'est vous qui parlez tout le temps et je ne sais pas où vous voulez en venir.

Là-haut, l'inspecteur Cavre était en train de s'habiller.

— Elle habite loin d'ici ?

— Au bout de la rue, au fond d'une courette… La maison qui a trois marches de pierre…

— Mon camarade Cavre, qui habite chez vous, n'est pas encore allé la voir ?

— Je me demande comment il y serait allé, puisque voilà seulement qu'il se lève, cet homme !

— Il est ici pour quelques jours ?

— Je ne le lui ai pas demandé.

Elle ouvrit les fenêtres pour pousser les persiennes et on vit qu'un jour laiteux régnait déjà dehors.

— Vous croyez, vous, que Retailleau était saoul ce soir-là ?

Et elle, soudain agressive :

— Pas plus saoul que vous, qui buvez déjà du cognac à huit heures du matin !

— Qu'est-ce que je vous dois ?

— Deux francs.

L'auberge des *Trois Mules*, un peu plus moderne, était juste en face, mais le commissaire jugea inutile d'y entrer. Un forgeron allumait le feu de sa forge. Une femme, sur un seuil, jetait ses eaux sales en travers de la rue. Une sonnerie grêle, qui rappela à Maigret son enfance, retentit et un gamin en sabots sortit, un pain sous le bras, de la boutique du boulanger.

Des rideaux bougeaient à son passage. Une main essuya une vitre embuée et on aperçut un visage tout ridé de vieille aux yeux bordés de rouge comme ceux de l'inspecteur Cadavre. L'église était à droite, grise, couverte d'ardoises que la pluie avait rendues noires et luisantes, et une femme en sortait, une femme d'une cinquantaine d'années, très maigre, très droite, en grand deuil, tenant à la main un missel enveloppé de drap noir.

Maigret resta debout, désœuvré, au coin de la petite place où un panneau signalisateur annonçait aux automobilistes : «École». Il suivait la femme des yeux. Il la vit, au bout de la rue, disparaître dans une sorte d'impasse et alors il comprit que c'était Mme Retailleau, pensa que Cavre ne l'avait pas encore vue et hâta le pas.

Il ne s'était pas trompé. Arrivé au coin de la ruelle, il vit la femme gravir le seuil de trois marches d'une petite maison, prendre une clef dans son sac. Quelques instants plus tard, il frappait à la porte vitrée derrière laquelle un rideau de guipure était tendu.

— Entrez.

Elle avait eu juste le temps de se débarrasser de son manteau et de son voile de crêpe. Le missel était encore sur la toile cirée de la table. Le feu était allumé dans une cuisinière d'émail blanc dont le dessus était minutieusement frotté au papier de verre.

— Veuillez m'excuser, madame, de vous déranger. Madame Retailleau, n'est-ce pas ?

Il n'était pas particulièrement fier, car elle ne l'encourageait ni de la voix, ni du geste. Elle restait debout, les mains sur le ventre, le visage à peu près couleur de cire. Elle attendait.

— Je suis chargé d'enquêter sur les bruits qui courent au sujet de la mort de votre fils…

— Par qui ?

— Commissaire Maigret, de la Police Judiciaire. Je m'empresse d'ajouter que l'enquête que je mène en ce moment est tout à fait officieuse.

— Qu'est-ce que cela veut dire ?

— Que la Justice n'est pas régulièrement saisie de l'affaire.

— De quelle affaire ?

— Vous n'ignorez pas, madame, et je m'excuse de parler de choses aussi pénibles, que certains bruits ont couru au sujet de la mort de votre fils…

— On ne peut pas empêcher les gens de parler…

Pour gagner du temps, Maigret s'était tourné vers une photographie suspendue à gauche du buffet de cuisine de noyer et entourée d'un cadre ovale de bois doré.

L'agrandissement représentait un homme d'une trentaine d'années, les cheveux coupés en brosse, la lèvre ombragée de grosses moustaches.

— C'est votre mari ?

— Oui…

— Si je ne me trompe, vous avez eu le malheur de le perdre accidentellement, alors que votre fils était encore en bas âge. D'après ce que l'on m'a dit, vous avez été obligée d'intenter un procès à la laiterie où il était employé, pour obtenir une pension.

— On vous a raconté des histoires. Il n'y a jamais eu de procès. M. Oscar Drouhet, le directeur de la laiterie, a fait ce qu'il avait à faire.

— Et plus tard, quand votre fils a été en âge de travailler, il l'a pris dans ses bureaux. Votre fils, je crois, était son comptable ?

— Il remplissait les fonctions de sous-directeur. Il en aurait eu le titre s'il n'avait pas été si jeune.

— Vous n'avez pas de portrait de lui ?

Maigret regretta sa phrase car, au même instant, il apercevait une petite photographie posée sur un guéridon de peluche rouge. Il s'en saisit vivement, par crainte d'une opposition de la mère.

— Quel âge avait-il quand cette photographie a été faite ?

— Dix-neuf ans. C'était l'année dernière.

Un beau garçon, sain, vigoureux, au visage un peu large, à la lèvre gourmande, aux yeux pétillants de gaieté.

Toujours debout, Mme Retailleau attendait, en se contentant de soupirer.

— Il n'était pas fiancé ?

— Non.

— Vous ne lui connaissiez aucune liaison féminine ?

— Mon fils était trop jeune pour s'occuper des femmes. Il était sérieux. Il ne pensait qu'à sa carrière.

Ce n'était pas ce que disaient le regard ardent du jeune homme, ses cheveux drus et luisants, sa chair pleine.

— Quelle a été votre réaction quand... Je vous demande pardon... Vous devez comprendre ma pensée... Avez-vous cru à l'accident ?

— Il faut bien le croire...

— Je veux dire, n'avez-vous eu aucun soupçon ?

— De quoi ?...

— Il ne vous avait jamais parlé de Mlle Naud ? Il ne lui arrivait pas de rentrer tard dans la nuit ?

— Non.

— M. Naud, depuis, ne vous a pas rendu visite ?

— Nous n'avons rien à faire ensemble.

— Évidemment… Mais il aurait pu… M. Groult-Cotelle non plus, bien entendu ?

Était-ce une idée ? Il sembla à Maigret que les yeux de la femme avaient un instant un éclat plus dur.

— Non plus, laissa-t-elle tomber.

— De sorte que vous réprouvez les bruits que l'on fait courir sur les circonstances de ce drame…

— Oui. Je ne les écoute pas. Je ne veux pas les connaître. Si c'est M. Naud qui vous envoie, vous pouvez lui répéter ce que je vous ai dit.

Pendant quelques secondes, Maigret resta immobile, les yeux mi-clos, à se répéter la phrase, comme pour la graver dans sa mémoire :

— *Si c'est M. Naud qui vous envoie, vous pouvez lui répéter ce que je vous ai dit.*

Savait-elle que c'était Étienne Naud qui avait accueilli la veille Maigret à la gare ? Savait-elle que c'était lui, indirectement, qui l'avait fait venir de Paris ? Ne faisait-elle que le soupçonner ?

— Excusez-moi de la liberté que j'ai prise, madame, surtout à pareille heure.

— Il n'y a pas d'heure pour moi.

— Au revoir, madame…

Elle le laissa se diriger vers la porte et refermer celle-ci sur lui sans un mot, sans un geste. Le commissaire n'avait pas fait dix pas qu'il apercevait l'inspecteur Cavre debout au bord du trottoir, comme en faction.

Cavre attendait-il la sortie de Maigret pour se présenter à son tour chez la mère d'Albert ? Maigret voulut en avoir le cœur net. La conversation précédente l'avait mis de mauvaise humeur et il ne lui déplaisait pas de faire une farce à son ex-collègue.

Rallumant sa pipe qu'il avait éteinte à coups de pouce avant d'entrer chez Mme Retailleau, il traversa la rue, se campa au bord du trottoir opposé, juste en face de Cavre, et resta là, comme décidé à n'en plus bouger.

Le bourg s'animait. On voyait des enfants se diriger vers l'école dont la grille s'ouvrait sur la petite place de l'église. La plupart venaient de loin, emmitouflés d'écharpes, les jambes dans de grosses chaussettes de laine bleue ou rouge, les pieds dans des sabots.

— Eh bien ! mon vieux Cadavre, à ton tour, maintenant ! Vas-y ! semblait dire Maigret, dont les yeux pétillaient de malice.

Cavre ne bougeait pas, regardait ailleurs, en homme qui est très au-dessus de toutes les plaisanteries.

Était-ce Mme Retailleau qui l'avait fait venir à Saint-Aubin ? Possible. C'était une curieuse femme, qu'il était bien difficile de définir. Il y avait de la paysanne en elle. Elle en avait la méfiance quasi congénitale. Mais il y avait aussi de la grande bourgeoise de province. On sentait, sous ses airs glacés, un orgueil que rien ne pouvait entamer. Jusqu'à son immobilité qui était impressionnante. Tout le temps que Maigret avait été chez elle, elle n'avait pas fait un pas, pas un geste, elle s'était figée, comme on prétend que certains animaux se figent, faisant le mort, devant le danger, et c'est à peine si ses lèvres remuaient pour laisser tomber quelques syllabes.

— Eh bien ! mon pauvre Cadavre ?… Décide-toi… Fais quelque chose…

Cadavre battait la semelle pour se réchauffer, mais ne paraissait pas décidé à une démarche quelconque tant que Maigret serait à l'épier.

La situation était ridicule. Il était enfantin de s'obstiner, et pourtant Maigret s'obstina. En pure perte, d'ailleurs. À huit heures et demie, un petit homme rougeaud sortit de chez lui, se dirigea vers la mairie, dont il ouvrit la porte avec sa clef. L'instant d'après, Cavre pénétrait dans les locaux.

C'était précisément la première démarche que Maigret s'était promis de faire : se renseigner auprès des autorités locales. Il était brûlé par son ex-collègue et il n'avait d'autre ressource que d'attendre son tour.

### 3

### *Un monsieur qu'on préférerait loin*

Par la suite, cela devait être pour Maigret un sujet tabou : jamais il ne parla de cette journée-là, de la matinée surtout, et sans doute fit-il l'impossible pour ne plus y penser.

Le plus déroutant, c'était encore de n'être plus

Maigret. Car, en somme, que représentait-il à Saint-Aubin ? Rien. Justin Cavre, par exemple, était entré avant lui à la mairie. Maigret était resté penaud dans la rue, entre ces maisons qui, sous un ciel faisant penser à un panaris prêt à percer, avaient l'air de gros champignons vénéneux. On le regardait, il le savait. Derrière tous les rideaux, il y avait des regards braqués sur lui.

Certes, peu lui importait l'opinion de quelques vieilles femmes ou de la bouchère. Les gens pouvaient le prendre pour ce qu'ils voulaient et même, comme certains gosses l'avaient fait en entrant en classe, éclater de rire à son passage.

Seulement, il avait conscience de n'être pas le Maigret auquel il était habitué. C'est peut-être exagéré de dire qu'il ne se sentait pas dans sa peau et pourtant c'était un peu cela.

Qu'est-ce qu'il arriverait, par exemple, s'il pénétrait dans la salle blanchie à la chaux de la mairie et frappait à la porte peinte en gris sur laquelle le mot « secrétariat » était écrit en lettres noires ? On le prierait d'attendre son tour, comme pour un extrait d'acte de naissance ou une demande de secours. Et, pendant ce temps, le surnommé Cadavre continuerait, dans le petit bureau, chauffé à blanc, à interroger à son aise le secrétaire.

Maigret n'était pas ici officiellement. Il ne pouvait pas se réclamer de la Police Judiciaire et, quant à son nom, qui sait si une seule personne le connaissait dans ce village entouré de marais gluants et d'eau stagnante ?

D'ailleurs, il en fit l'expérience un peu plus tard.

Il attendit, en se morfondant, la sortie de Cavre. Et même, alors, il eut une des idées les plus ahurissantes de sa carrière. Il fut bel et bien sur le point de s'accrocher à son ancien collègue, de le suivre pas à pas, voire d'aller lui dire à brûle-pourpoint :

— Écoutez, Cavre, ce n'est pas la peine que nous jouions au plus fin tous les deux. Vous n'êtes pas ici pour votre bon plaisir. Quelqu'un vous y a appelé. Dites-moi qui c'est et éclairez-moi sur la mission dont on vous a chargé…

Combien une véritable enquête, une enquête officielle, lui apparaissait en ce moment chose facile ! S'il avait été en mission dans un endroit de son ressort, il n'aurait eu qu'à entrer au bureau de poste :

— Commissaire Maigret. Passez-moi tout de suite la communication avec la P.J.… Allô !… C'est toi, Janvier ?… Saute dans une voiture… Arrive ici… Quand tu verras sortir le surnommé Cadavre… Mais oui, Justin Cavre… Bon… Tu le suivras et tu ne le lâcheras pas…

Qui sait ? Il aurait peut-être aussi fait suivre Étienne Naud qu'il venait de voir passer au volant de sa voiture, se dirigeant vers Fontenay.

C'est facile, d'être Maigret ! On dispose de tout un mécanisme perfectionné. Par-dessus le marché, on prononce négligemment son propre nom et les gens, éblouis, se coupent en quatre pour vous être agréables.

Or, ici, il était si peu connu que, malgré les articles et les photographies qui paraissaient fréquemment dans les journaux, un Étienne Naud, à la gare, s'était dirigé vers Justin Cavre.

On l'avait bien reçu, parce que c'était le beau-frère, juge d'instruction, qui l'avait envoyé de Paris mais, en réalité, n'avait-on pas eu l'air de se demander ce qu'il venait faire ? Voilà à peu près le sens de la réception qu'on lui avait réservée :

— Mon beau-frère Bréjon est un charmant garçon qui nous veut certainement du bien, mais il y a trop longtemps qu'il a quitté Saint-Aubin et il se fait des idées fausses sur cette affaire. C'est gentil à lui d'avoir pensé à vous envoyer ici. C'est gentil à vous d'être venu. Nous vous recevons du mieux que nous pouvons. Mangez. Buvez. Faites avec moi le tour du propriétaire. Surtout, ne vous croyez pas obligé de rester dans un pays humide et sans charme. Ne vous croyez pas non plus obligé de vous occuper de cette histoire qui est sans importance et qui ne regarde que nous.

Pour le compte de qui travaillait-il, en somme ? D'Étienne Naud. Or Étienne Naud ne tenait visiblement pas à ce qu'il fît une enquête sérieuse.

Quant à l'incident de la nuit, c'était le bouquet ! Cette Geneviève qui venait dans sa chambre lui déclarer en substance :

— J'étais la maîtresse d'Albert Retailleau. Je suis enceinte de lui. Mais, si vous dites un mot, je me tue.

Or, si elle était vraiment la maîtresse d'Albert, les accusations contre Naud prenaient du coup une terrible consistance. Y avait-elle pensé ? Avait-elle consciemment chargé son père ?

Jusqu'à la mère de la victime qui n'avait rien dit, rien affirmé, rien nié, qui avait proclamé, en somme, par son attitude :

— De quoi vous mêlez-vous ?

Pour tout le monde, même pour les vieilles embusquées derrière leurs rideaux frémissants, même pour les gosses qui, tout à l'heure, le dépassaient et se retournaient pour le regarder sous le nez, il était l'intrus, l'indésirable. Pis ! il était quelqu'un de pas sûr, venu on ne savait d'où, pour on ne savait quelle besogne.

Si bien que, le décor aidant, il se faisait, les mains dans les poches de son gros pardessus, l'effet de ces vilains personnages que torture un vice secret et qui rôdent, aux environs de la porte Saint-Martin ou ailleurs, les épaules basses, le visage de travers, rasant prudemment les maisons à la vue d'un agent des mœurs.

Était-ce Cavre qui déteignait sur lui ? Il avait envie de faire chercher sa valise chez Naud, de prendre le premier train et d'annoncer au juge d'instruction Bréjon :

— Ils ne veulent pas de moi là-bas… Que votre beau-frère tire son plan…

Il était quand même entré à la mairie, tandis que l'ex-inspecteur s'éloignait, une serviette de cuir sous le bras, ce qui, aux yeux des habitants, devait lui donner de l'importance en le faisant passer pour quelque homme de loi.

Le petit secrétaire de mairie, qui sentait mauvais, ne se leva pas.

— Vous désirez ?

— Commissaire Maigret, de la Police Judiciaire. Je suis à Saint-Aubin en mission officieuse et je voudrais vous demander quelques renseignements.

L'autre hésitait, ennuyé, désignait cependant à Maigret une chaise à fond de paille.

— Le détective privé qui sort d'ici vous a-t-il dit pour le compte de qui il travaillait ?

Le secrétaire ne comprenait pas ou feignait de ne pas comprendre la question. Et il en fut à peu près de même pour les autres questions posées par le commissaire.

— Vous connaissiez Albert Retailleau. Dites-moi ce que vous pensez de lui.

— C'était un brave garçon… Oui, on peut dire que c'était un brave garçon… Il n'y a rien à lui reprocher…

— Courait-il après les femmes ?

— C'était un jeune homme, n'est-ce pas ? On ne sait pas toujours ce que font les jeunes gens. Mais, pour dire de courir, on ne peut pas dire qu'il courait…

— Avait-il des relations avec Mlle Naud ?

— On l'a prétendu… Il y a eu des bruits… Les bruits ne sont jamais que des bruits…

— Qui a découvert le cadavre ?

— Ferchaud, le chef de gare… Il a téléphoné à la mairie et l'adjoint a aussitôt téléphoné à la gendarmerie de Benet, car il n'y a pas de brigade à Saint-Aubin…

— Qu'a dit le docteur qui a examiné le corps ?

— Ce qu'il a dit ?… Qu'il était mort… Il n'y avait pour ainsi dire plus de corps… Le train avait passé dessus…

— On a pourtant reconnu Albert Retailleau ?

— Comment ?… Bien sûr… Pour être Retailleau, c'était sûrement Retailleau…

— À quelle heure le dernier train était-il passé ?

— À cinq heures sept du matin…

— Les gens n'ont pas trouvé étrange que Retailleau se soit trouvé sur la voie du chemin de fer à cinq heures du matin, en plein hiver ?

La réponse du secrétaire fut un monument :

— Il faisait un temps sec. Il y avait de la gelée blanche.

— Des bruits n'en ont pas moins couru…

— Des bruits, oui… On ne peut pas empêcher les bruits…

— Votre opinion, à vous, est que la mort était naturelle ?

— C'est bien difficile de se faire une opinion.

Maigret parlait-il de Mme Retailleau ?

— Une bien brave femme. Il n'y a rien à dire sur elle.

Mettait-il Naud sur le tapis ?

— Un homme si aimable. Son père aussi, qui était conseiller général, était un excellent homme…

Questionnait-il enfin sur la jeune fille ?

— Une jolie demoiselle…

— Sérieuse ?

— Sûrement qu'elle devait être sérieuse… Quant à sa mère, c'est une des meilleures personnes du pays…

Tout cela était dit sans conviction, poliment, sans plus, par le petit homme qui grattait dans son nez et regardait ensuite avec intérêt ce qu'il en avait retiré.

— M. Groult-Cotelle ?

— Un bien brave homme aussi. Pas fier…

— Il est très intime avec les Naud ?

— Ils se voient souvent, oui. Ils sont du même monde, n'est-ce pas ?

— Quel jour a-t-on retrouvé la casquette de Retailleau non loin de la maison Naud ?

— Quel jour ?... Voilà... Mais a-t-on seulement retrouvé la casquette ?

— On m'a affirmé qu'un certain Désiré, qui récolte le lait pour la laiterie, avait retrouvé la casquette dans les roseaux qui bordent le canal...

— On l'a dit...

— Ce n'est pas vrai ?

— Il est difficile de savoir si c'est vrai. Désiré est saoul la moitié du temps.

— Et quand il est saoul ?

— Tantôt il dit blanc, tantôt il dit noir...

— Mais la casquette ! C'est un objet qu'on peut voir, qu'on peut palper. Certains l'ont vue...

— Ah !

— À l'heure qu'il est, elle doit être quelque part...

— Peut-être... Je ne sais pas... Voyez-vous, nous, nous ne sommes pas de la police et nous ne nous mêlons que de ce qui nous regarde...

On ne pouvait pas être plus clair que le bonhomme malpropre qui, avec son air idiot, était bien content d'avoir rivé son clou au Parisien.

Quelques minutes plus tard, Maigret était dans la rue, pas plus avancé qu'avant, ou plutôt ayant acquis la certitude que personne ne l'aiderait dans la découverte de la vérité.

Dès lors, puisque nul ne désirait cette vérité, qu'était-il venu faire ? Ne valait-il pas mieux rentrer à Paris et annoncer à Bréjon :

— Voilà… Votre beau-frère ne tient pas à ce qu'une enquête soit faite au sujet de cette histoire… Personne n'y tient dans le pays… Je suis revenu… On m'a offert, là-bas, un excellent dîner…

Il reconnut, au panonceau doré, la maison du notaire, qui avait dû être celle du père de Bréjon et de sa sœur devenue Mme Naud. C'était une grosse maison en pierres grises et elle avait, dans le gris mouillé du ciel, le même aspect éternel et impénétrable que tout le reste du bourg.

Il passa devant le *Lion d'Or*. Il y avait quelqu'un dans l'auberge, parlant avec la patronne, et il eut l'impression qu'on parlait de lui, qu'on se rapprochait de la fenêtre pour le regarder.

Un cycliste s'approchait. Maigret le reconnut, mais n'eut pas le temps de faire demi-tour. C'était Alban Groult-Cotelle, qui revenait à vélo de chez Naud, et qui sauta de sa machine.

— Je suis content de vous rencontrer… Nous sommes justement à deux pas de chez moi… Voulez-vous me faire le plaisir de venir prendre l'apéritif?… J'y tiens!… Ma maison est bien modeste, mais j'ai encore quelques bouteilles de vieux porto…

Maigret le suivit. Il n'espérait pas grand-chose, mais il le suivit parce que cela valait toujours mieux que de traîner dans les rues du bourg hostile.

La maison était vaste. De loin, elle faisait envie, solide, trapue, pareille, avec ses grilles noires et son haut toit d'ardoises, à une forteresse bourgeoise.

À l'intérieur, tout sentait la pauvreté et l'abandon. La servante au visage hargneux était un vrai souillon et pourtant, à certains regards, Maigret comprit que Groult-Cotelle couchait avec elle.

— Excusez le désordre... Je vis seul, en célibataire... En dehors des livres, rien ne m'intéresse, de sorte que...

De sorte que les papiers peints se décollaient des murs, piqués par l'humidité, que les rideaux étaient gris de poussière et qu'il fallait essayer trois ou quatre chaises avant d'en trouver une d'aplomb sur ses quatre pieds. Sans doute pour économiser le bois, une seule pièce était chauffée, au rez-de-chaussée, tenant du salon, de la salle à manger et de la bibliothèque. Il y avait même un divan sur lequel Maigret soupçonna son hôte de dormir le plus souvent.

— Asseyez-vous, je vous en prie... C'est dommage, vraiment, que vous ne soyez pas venu en été, quand notre pays est un peu plus présentable... Que pensez-vous de mes amis Naud ?... Quelle adorable famille !... Je les connais... Vous ne trouveriez pas meilleur homme que Naud... Peut-être pas très profond... Peut-être un tantinet orgueilleux... Mais d'un orgueil si naïf, si sincère... Il est très riche, vous savez ?

— Et Geneviève Naud ?

— Charmante... Sans plus... Oui, on peut dire qu'elle est charmante...

— Je suppose que j'aurai l'occasion de la voir, que son indisposition ne sera que passagère ?...

— Sans doute... Sans doute... Les jeunes filles, n'est-ce pas ?... À votre santé...

— Vous connaissiez Retailleau ?

— De vue... Sa mère, paraît-il, est une personne

très bien... Si vous restiez quelque temps, je vous ferais connaître le pays, car il y a, par-ci par-là, dans les bourgs, des gens intéressants... Mon oncle, le général, disait volontiers que c'est dans les campagnes, et en particulier dans notre Vendée...

Rien ! Si Maigret le laissait parler, Groult-Cotelle allait recommencer l'historique de toutes les familles du pays.

— Je suis obligé de vous quitter...

— Votre enquête, c'est vrai... Cela avance ?... Vous avez de l'espoir ?... Ce qu'il faudrait, à mon sens, c'est mettre la main sur la personne qui est à la base de tous ces faux bruits...

— Vous avez une idée ?

— Moi ?... Pas du tout !... Surtout, n'allez pas prétendre que j'ai la moindre idée à ce sujet... Je vous verrai sans doute ce soir, car Étienne m'a invité à dîner et, à moins que je ne sois trop occupé...

Occupé à quoi, bon Dieu ? C'était à croire que les mots, dans ce pays, n'avaient pas le même sens qu'ailleurs.

— Vous avez entendu parler de la casquette ?

— Quelle casquette ?... Ah ! oui... Je n'y étais plus... J'ai vaguement entendu dire... Mais est-ce vrai ?... L'a-t-on réellement retrouvée ? Tout est là, n'est-ce pas ?...

Tout n'était pas là, non. Par exemple, l'aveu de la jeune fille était aussi grave que la découverte de la casquette. Mais pouvait-on retenir cet aveu ?

Cinq minutes plus tard, Maigret sonnait à la porte du docteur. Une petite bonne lui répondit, d'abord, que la consultation était à une heure. Il dut insister.

On le fit entrer dans le garage où un grand gaillard sanguin était occupé à réparer une motocyclette.

Toujours le même refrain :

— … Commissaire Maigret… P.J.… À titre tout à fait officieux…

— Permettez que je vous conduise dans mon cabinet et que je me lave les mains…

Maigret attendit près de la table articulée couverte d'une toile cirée qui servait à l'examen des malades.

— Ainsi, vous êtes le fameux commissaire Maigret ?… J'ai souvent entendu parler de vous… J'ai un camarade, à trente-cinq kilomètres d'ici, qui suit tous les faits divers dans les journaux… S'il savait que vous êtes à Saint-Aubin, il ne ferait qu'un saut… C'est vous, n'est-ce pas, qui avez suivi toute l'affaire Landru ?…

Il tombait sur une des rares affaires où Maigret n'avait joué aucun rôle.

— Qu'est-ce qui nous vaut l'honneur de votre présence à Saint-Aubin ?… Car c'est un honneur… Vous prendrez bien un verre de quelque chose… J'ai justement un de mes gosses malades, et on l'a installé au salon parce qu'il y fait plus chaud… C'est pourquoi je vous reçois ici… Un petit verre, hein ?

Ce fut tout. Maigret n'eut que son petit verre.

— Retailleau ?… Un gentil garçon… Je crois qu'il était bon fils… En tout cas, sa mère, que j'ai soignée, ne s'est jamais plainte de lui… Un caractère, cette femme-là… Elle méritait une situation tout autre que la sienne… D'ailleurs, elle était de bonne famille… On a été fort étonné en lui voyant épouser Joseph Retailleau, qui n'était qu'un ouvrier de la laiterie...

» Étienne Naud ?... Un type, lui... Nous chassons ensemble... C'est un fusil de premier ordre... Groult-Cotelle ?... Non, on ne peut pas dire que ce soit un chasseur, mais cela tient à ce qu'il est très myope...

» Ainsi, vous connaissez déjà tout le monde... Vous avez vu Tine aussi ?... Vous ne connaissez pas encore Tine ?... Remarquez que je prononce ce mot très respectueusement, comme chacun à Saint-Aubin... Tine, c'est la mère de Mme Naud... Mme Bréjon, si vous préférez... Elle a un fils juge d'instruction à Paris... Oui, c'est bien celui que vous devez connaître... Elle-même est née de La Noue, une grande famille de Vendée... Elle ne veut pas être un embarras pour sa fille et son gendre et elle vit seule, près de l'église... À quatre-vingt-deux ans, elle a encore bon pied, bon œil, et c'est une de mes plus mauvaises clientes...

» Vous restez quelques jours à Saint-Aubin ?

» Comment ?... La casquette ?... Ah ! oui... Non, je n'en ai pas entendu parler personnellement... Enfin, j'ai vaguement entendu des bruits...

» Vous comprenez, tout cela vient un peu tard... Si j'avais su, sur le moment, j'aurais pratiqué l'autopsie... Mais mettez-vous à ma place... On me dit que le pauvre garçon a été écrasé par un train... Je constate qu'il a bien été écrasé par un train et, bien entendu, je rédige mon rapport dans ce sens...

Maigret, renfrogné, jurerait qu'ils se sont tous donné le mot, que, revêches, ou réjouis comme le toubib, ils se le renvoient de l'un à l'autre comme une balle, en s'adressant des clins d'œil d'intelligence.

Le ciel est presque clair. Il y a des reflets sur toutes les flaques d'eau et la boue devient luisante par endroits.

Le commissaire parcourt une fois de plus la rue principale dont il n'a pas regardé le nom, mais qui doit s'appeler rue de la République. L'idée lui vient d'entrer aux *Trois Mules*, en face de ce *Lion d'Or*, où il a été si mal reçu le matin.

La salle est plus claire, blanchie à la chaux, avec des chromos encadrés et une photographie d'un président de la République d'il y a trente ou quarante ans. Derrière, il existe une autre salle, vide et morne, avec des guirlandes en papier et une estrade qui trahissent l'endroit où l'on danse le dimanche.

Quatre hommes sont assis à une table, devant une bouteille de vin rosé et, à l'entrée du commissaire, l'un des quatre tousse avec affectation, comme pour annoncer aux autres :

— Le voilà…

Maigret s'assied sur un des bancs, à l'autre bout. Et cette fois, il sent qu'il y a quelque chose de changé. Les hommes se sont tus. Avant son arrivée, ils n'étaient sûrement pas là, accoudés à la table, à boire et à se regarder sans rien dire.

Ils jouent toute une scène muette, les coudes se rapprochent, les épaules se frôlent et enfin le plus vieux, qui a un fouet de charretier posé à côté de lui, lance par terre un long jet de salive, ce qui fait fuser un rire.

Est-ce pour Maigret, le jet de salive ?

— Qu'est-ce que je vous sers ? vient lui demander une femme encore jeune, qui porte un bébé barbouillé sur le bras et qui tient une hanche plus haute que l'autre.

— Du vin rosé.

— Une chopine ?

— Si vous voulez…

Il tire de sa pipe de petites bouffées farouches, car ce n'est plus l'hostilité latente ou feutrée qu'il a rencontrée jusqu'ici : cette fois, on le nargue, on dirait même qu'on le provoque.

— Qu'est-ce que tu veux que je te dise, fiston, il en faut de tous les métiers, prononce le charretier après un long silence, et sans qu'on lui ait rien demandé.

Là-dessus, les autres éclatent de rire, comme si ces simples mots avaient pour eux une saveur extraordinaire. Il n'y en a qu'un qui ne rit pas, un jeune, un gamin de dix-huit ou dix-neuf ans, au visage piqueté de petite vérole, aux yeux gris clair.

Appuyé sur un coude, il regarde Maigret dans les yeux comme s'il voulait lui faire sentir tout le poids de sa haine ou de son mépris.

— Faut quand même pas avoir de fierté ! grogne un autre.

— Où qu'il y a des sous, la fierté n'a pas souvent cours…

Cela ne veut peut-être rien dire, mais Maigret a compris. Il est tombé enfin sur le petit groupe de l'opposition, pour parler comme en politique.

Qui sait ? C'est sans doute des *Trois Mules* que

tous les bruits qui courent sont partis. Et, si ces gens s'en prennent à lui, c'est qu'ils le croient payé par Étienne Naud pour étouffer la vérité.

— Dites-moi, messieurs…

Il s'est levé. Il s'est avancé vers eux et, lui qui n'est pourtant pas timide, a senti un flot de sang monter à ses oreilles.

Un silence absolu l'accueille. Seul le jeune homme le regarde encore en face, tandis que les autres, un peu embarrassés, se détournent.

— Vous qui êtes du pays, vous pourriez peut-être me renseigner et permettre à la justice de suivre son cours…

Ils sont méfiants, les bougres. Certes, la phrase les chatouille, mais ils ne se rendent pas encore et le vieux grogne en regardant son crachat qui étoile le plancher :

— Justice à qui ? À Naud ?

Comme s'il n'avait pas entendu, le commissaire continue, tandis que la patronne, son gosse sur le bras, vient se camper dans l'encadrement de la porte de la cuisine :

— Pour cela, il y a deux choses qu'il me faut trouver avant tout. D'abord, un ami de Retailleau, un véritable ami, et qui, si possible, se soit trouvé avec lui le dernier soir…

À un mouvement des trois hommes vers le plus jeune, Maigret comprend que c'est le cas de celui-ci.

— Ensuite, j'ai besoin de mettre la main sur la casquette. Vous savez ce que je veux dire.

— Vas-y, Louis ! grogne le charretier en faisant une cigarette.

Mais le jeune homme n'est pas encore convaincu.

— Qui est-ce qui vous envoie ?

C'est bien la première fois que Maigret se trouve obligé de rendre des comptes à un jeune paysan. Et pourtant, c'est nécessaire. Il tient absolument à apprivoiser celui-ci.

— Commissaire Maigret, de la Police Judiciaire…

Qui sait ? Le hasard peut faire que le gamin ait entendu parler de lui ? Malheureusement, il n'en est rien.

— Pourquoi êtes-vous descendu chez Naud ?

— Parce qu'il a été averti de mon arrivée et qu'il est venu me prendre à la gare. Comme je ne connaissais pas le pays…

— Il y a des hôtels…

— Je l'ignorais…

— Qui est-ce, celui qui est descendu en face ?

C'est lui qui subit un interrogatoire !

— Un détective privé…

— Pour qui est-ce qu'il travaille ?

— Je l'ignore…

— Pourquoi est-ce qu'on n'a pas encore fait d'enquête ? Il y a maintenant trois semaines qu'Albert est mort…

— Très bien, petit ! Vas-y ! semblent dire les trois hommes à l'adolescent qui se raidit farouchement contre sa timidité.

— Il n'y a pas eu de plainte déposée.

— Ainsi, on peut tuer n'importe qui et, du moment qu'il n'y a pas de plainte…

— Le médecin a conclu à un accident…

— Est-ce qu'il était là quand c'est arrivé ?

— Dès que j'aurai recueilli des éléments suffisants, l'enquête deviendra officielle…

— Qu'est-ce que vous appelez des éléments?

— Par exemple, si l'on pouvait prouver que la casquette a été découverte entre la maison Naud et l'endroit où le corps a été retrouvé…

— Faut le conduire à Désiré, fait le plus gros des hommes, qui porte un costume de charpentier. Remettsnous ça, Mélie… Apporte un verre de plus…

C'est déjà, pour Maigret, une victoire.

— À quelle heure Retailleau a-t-il quitté le café ce soir-là?

— Il pouvait être onze heures et demie…

— Vous étiez nombreux?

— Quatre… On avait fait une coinchée…

— Vous êtes partis tous ensemble?

— Les deux autres ont pris à gauche… J'ai accompagné Albert un bout de chemin…

— Dans quelle direction?

— De chez Naud…

— Il vous a fait des confidences?

— Non.

Le jeune homme est devenu sombre. Il a répondu non à regret, avec le visible désir d'être scrupuleusement honnête.

— Il ne vous a pas dit ce qu'il allait faire chez Naud?

— Non. Il était furieux.

— Contre qui?

— Contre elle.

— Vous voulez dire Mlle Naud? Il vous avait parlé d'elle auparavant?

— Oui…

— Que vous avait-il dit ?

— Tout et rien… Pas des mots… Il y allait presque chaque nuit…

— Il s'en vantait ?

— Non. (Un regard de reproche.) Il était amoureux et cela se voyait. Il ne pouvait pas le cacher.

— Et, le dernier jour, il était furieux ?

— Oui. Toute la soirée, en jouant aux cartes, il pensait à autre chose, et il regardait sans cesse l'heure. Sur la route, au moment de me quitter…

— À quel endroit ?

— À cinq cents mètres de chez Naud…

— En somme, à l'endroit où on l'a retrouvé mort ?

— À peu près… Je l'avais conduit à mi-chemin…

— Et vous êtes sûr qu'il a continué sa route ?

— Oui… Il m'a dit, les larmes aux yeux, en me serrant les deux mains :

» — C'est fini, mon vieux Louis…

— Qu'est-ce qui était fini ?

— Entre lui et Geneviève… C'est ce que j'ai compris… Il voulait dire qu'il y allait pour la dernière fois…

— Mais il y est allé ?

— Il y avait de la lune, cette nuit-là… Il gelait… Je l'ai encore vu alors qu'il n'était plus qu'à cent mètres de la maison…

— Et la casquette ?

Le jeune Louis se lève, regarde les autres d'un air décidé.

— Venez…

— T'as confiance, Louis? questionne un des aînés. Prends garde, mon fils.

Mais Louis est à l'âge où l'on risque le tout pour le tout. Il regarde Maigret dans les yeux avec l'air de dire :

« Toi, si tu me trahis, tu es une belle fripouille. »

— Suivez-moi... C'est à deux pas...

— Ton verre... Le vôtre, monsieur le commissaire... Et surtout, vous pouvez croire tout ce que le gosse vous dit... C'est franc comme l'or, ce gamin-là...

— À votre santé, messieurs...

Il trinque. Il ne peut pas faire autrement que de trinquer. Les gros verres s'entrechoquent, et il s'en va derrière Louis en oubliant de payer sa chopine.

Juste à ce moment, sur l'autre trottoir, le surnommé Cadavre rentre au *Lion d'Or*, sa serviette sous le bras. Est-ce que Maigret se trompe? Il lui semble que, sur le visage de son ancien collègue, qu'il ne voit que de profil, passe un sourire sardonique.

— Venez... Par ici...

Tous deux passent par des ruelles que Maigret n'avait pas soupçonnées, et qui relient entre elles les trois ou quatre rues du bourg.

Dans une de ces venelles où les maisonnettes sont précédées de jardinets qu'entourent des barrières, Louis pousse un portillon auquel est accrochée une sonnette et annonce :

— C'est moi!...

Il entre dans une cuisine où quatre ou cinq enfants sont attablés pour le déjeuner.

— Qu'est-ce que c'est, Louis ? questionne la mère en regardant Maigret avec gêne.

— Attendez-moi ici... Un instant, monsieur...

Il se précipite dans l'escalier qui débouche dans la cuisine même, entre dans une chambre, on l'entend ouvrir le tiroir d'une commode. Il va, il vient, renverse une chaise tandis que sa mère ne sait si elle doit ou non accueillir Maigret, mais ferme cependant la porte derrière lui.

Louis redescend, pâle, agité.

— On l'a volée ! annonce-t-il, le regard fixe.

Et durement, tourné vers sa mère :

— Il est venu quelqu'un ici... Qui ?... Qui est venu ce matin ?

— Voyons, Louis...

— Qui ?... Dis-moi qui !... Qui a volé la casquette ?

— Je ne sais même pas de quelle casquette il s'agit...

— Quelqu'un est monté dans ma chambre...

Il est tellement surexcité qu'on pourrait croire qu'il va frapper sa mère.

— Veux-tu bien rester tranquille !... Tu n'entends donc pas sur quel ton tu me parles ?...

— Tu es restée tout le temps à la maison ?

— Je suis allée chez le boucher et le boulanger...

— Et les petits ?

— Je les avais mis chez la voisine, comme d'habitude.

Les deux plus petits, ceux qui ne vont pas encore à l'école.

— Je vous demande pardon, monsieur le com-

missaire. Je n'y comprends rien. La casquette était
encore ce matin dans mon tiroir. J'en suis sûr. Je l'ai
vue…

— Mais de quelle casquette s'agit-il ? Me répon-
dras-tu ? On dirait que tu es devenu fou, ma parole !
Tu ferais mieux de te mettre à table et de manger…
Quant à ce monsieur que tu laisses debout…

Mais Louis, lançant à sa mère un regard aigu,
plein de soupçons, entraîne Maigret dehors.

— Venez… Il faut que je vous parle encore… Je
vous jure, sur la tête de mon défunt père, que la casquette…

4

## Le vol de la casquette

Le gamin impatient marchait vite, le cou tendu, le
corps penché en avant, traînant en remorque le lourd
Maigret que la fausseté de la situation gênait toujours aux entournures. De quoi avaient-ils l'air tous
les deux, le plus jeune volubile et persuasif, conduisant l'autre comme on voit les petits chasseurs de
Montmartre emmener presque de force quelque
bourgeois intimidé, vers Dieu sait quels plaisirs ?

La mère de Louis, debout sur son seuil, criait, alors
qu'ils tournaient déjà le coin de la ruelle :

— Tu ne viens pas manger, Louis ?

Entendit-il seulement ? Une violente passion l'animait. Il avait promis quelque chose à ce monsieur de
Paris, et il ne pouvait tenir sa parole, parce qu'un

événement imprévu était survenu. N'allait-on pas le prendre pour un imposteur ? La cause dont il s'était improvisé le champion n'en serait-elle pas compromise ?

— Je veux vous le faire dire par Désiré lui-même. La casquette, c'est moi qui l'avais, dans ma chambre. Je me demande si ma mère a dit la vérité.

Maigret se le demandait aussi et, au même instant, il pensa à l'inspecteur Cavre, qu'il imaginait fort bien circonvenant la maman des six gosses.

— Quelle heure est-il ?

— Midi dix…

— Désiré doit encore être à la laiterie. Passons par ici. C'est plus court.

Toujours il empruntait des venelles, on passait devant des petites maisons pauvres que Maigret n'avait pas soupçonnées ; quelque part une truie barbouillée de boue se jeta dans leurs jambes.

— Un soir, tenez, juste le soir de l'enterrement, au *Lion d'Or*, le vieux Désiré, en entrant, a jeté une casquette sur la table et a demandé en patois à qui elle était. Moi, je l'ai reconnue tout de suite, car j'étais avec Albert quand il l'avait achetée à Niort, et nous avions discuté ensemble de la couleur.

— Quel est votre métier ? questionna Maigret.

— Menuisier. Le plus gros de ceux qui étaient tout à l'heure aux *Trois Mules*, c'est mon patron. Le soir dont je vous parle, Désiré était saoul. Il y avait au moins six personnes dans le café. Je lui ai demandé où il avait trouvé la casquette. Il faut vous dire qu'il ramasse le lait dans les petites fermes du Marais et, comme on ne pourrait pas y aller en camion, il fait sa tournée en bateau…

» — Je l'ai trouvée dans les roseaux, qu'il m'a répondu, juste à côté du peuplier mort…

» Je vous répète qu'il y a eu au moins six personnes pour l'entendre. Tout le monde, ici, sait que le peuplier mort se trouve entre la maison des Naud et l'endroit où on a découvert le corps d'Albert…

» Par ici… Nous allons à la laiterie dont vous voyez la cheminée sur la gauche…

Ils avaient quitté le village. Des haies sombres entouraient des jardinets. Un peu plus loin, on percevait les bâtiments bas, peints en blanc, de la laiterie, et la haute cheminée qui montait droit dans le ciel.

— Je ne sais pas pourquoi j'ai eu l'idée de fourrer la casquette dans ma poche… Je sentais déjà que trop de gens avaient intérêt à ce qu'on ne parle plus de cette affaire…

» — C'est la casquette au jeune Retailleau… a dit quelqu'un.

» Et Désiré, tout ivre qu'il était, a froncé les sourcils. Il a bien compris qu'il n'aurait pas dû la trouver à l'endroit où il l'avait trouvée.

» — Tu es sûr, Désiré, que c'était près du peuplier mort?

» — Pourquoi est-ce que je ne serais pas sûr?

» Eh bien! monsieur le commissaire, le lendemain, il ne voulait plus en convenir. Quand on lui demandait de préciser l'endroit, il répondait :

» — Par là… Je ne sais pas au juste, moi! Qu'on me fiche la paix avec cette casquette…

Tout à côté des bâtiments de la laiterie, des

bateaux à fond plat, remplis de cruches de lait, étaient amarrés.

— Dis donc, Philippe… Le père Désiré est rentré ?

— Il n'a pas pu rentrer, vu qu'il n'est pas parti… Il a sûrement pris une fameuse cuite hier, car il n'a pas fait sa tournée ce matin…

Une idée passa par la tête de Maigret.

— Vous croyez que le directeur est là à cette heure-ci ? demanda-t-il à son compagnon.

— Il doit être au bureau… La petite porte, sur le côté…

— Attendez-moi un instant…

Il trouva en effet Oscar Drouhet, le directeur de la laiterie, occupé à téléphoner. Il se présenta. L'homme avait ce sérieux, cette stabilité des artisans de campagne devenus de petits industriels. Fumant sa pipe à petites bouffées, il observait Maigret, le laissait parler, essayait de se faire une idée sur son interlocuteur.

— Vous avez eu jadis le père d'Albert Retailleau à votre service, n'est-ce pas ? À ce que l'on m'a dit, il a été victime d'un accident de travail…

— Un joint de chaudière qui a sauté.

— Je crois savoir que vous versez à la veuve une rente assez élevée ?

L'homme était intelligent, car il comprit tout de suite que cette question était lourde de sous-entendus.

— Que voulez-vous dire ?

— Est-ce que la veuve vous a fait un procès ou est-ce de vous-même que vous avez…

— Ne cherchez pas de mystères dans cette histoire. L'accident est arrivé par ma faute. Il y avait deux mois, en effet, que Retailleau me répétait que la chaudière était à réviser entièrement et même à remplacer. Comme on était au plus fort de la saison, je remettais toujours à plus tard.

— Vos ouvriers étaient assurés ?

— Pour une somme trop faible…

— Pardon. Laissez-moi vous demander si c'est vous qui avez jugé la somme trop faible ou si…

Ils s'étaient déjà compris, si bien compris que Maigret laissa sa phrase en suspens.

— La veuve a réclamé, comme c'était son droit, admit Oscar Drouhet.

— Je suis persuadé, continua le commissaire avec une ombre de sourire, qu'elle n'est pas venue vous trouver simplement pour vous demander d'étudier la question de la rente. Elle vous a envoyé des hommes de loi…

— Est-ce si extraordinaire ? Une femme n'y connaît rien, n'est-ce pas ? J'ai reconnu le bien-fondé de sa réclamation et, à la pension versée par l'assurance, j'en ai ajouté une que je paie personnellement. J'ai en outre payé les études du fils et je l'ai pris ici dès qu'il a été en âge de travailler. J'en ai d'ailleurs été récompensé, car c'était un garçon franc et travailleur, intelligent, capable de faire marcher la laiterie en mon absence…

— Je vous remercie… Ou plutôt, un mot encore : depuis la mort d'Albert, vous n'avez pas reçu la visite de sa mère ?

Le directeur parvint à ne pas sourire, mais une lueur avait passé dans ses prunelles marron.

— Non, dit-il, elle n'est pas *encore* venue.

Maigret ne s'était donc pas trompé sur le compte de Mme Retailleau. C'était une femme qui savait se défendre, voire attaquer au besoin, et qui ne perdait jamais de vue ses intérêts.

— Il paraît que Désiré, votre ramasseur de lait, n'est pas venu travailler ce matin ?

— Cela lui arrive… Les jours où il est plus saoul que d'habitude…

Maigret rejoignit l'adolescent grêlé qui avait une peur bleue qu'on ne le prît plus au sérieux.

— Qu'est-ce qu'il vous a dit ? C'est un brave homme, mais il est plutôt de l'autre clan…

— Quel clan ?

— Celui de M. Naud, du docteur, du maire… Il n'a rien pu vous dire contre moi…

— Mais non…

— Il faut que nous retrouvions le père Désiré… Passons chez lui, si vous voulez… Ce n'est pas loin…

Ils repartirent, oubliant tous les deux qu'il était l'heure de manger. À l'entrée du bourg, ils passèrent derrière une maison et Louis frappa à une porte vitrée, la poussa, cria dans la demi-obscurité :

— Désiré… Hé ! Désiré…

Seul un chat vint se frotter à sa jambe, tandis que Maigret découvrait une sorte de tanière, un lit sans drap ni oreiller, où on devait se coucher tout habillé, un petit poêle à la fonte fendue, des hardes, des litres vides, des os rongés.

— Il doit être à boire quelque part. Venez…

Toujours la même crainte de n'être pas pris au sérieux.

— Vous comprenez, il a travaillé jadis chez Étienne Naud… Encore qu'on l'ait mis à la porte, il est resté bien avec eux… C'est un homme qui tient à rester bien avec tout le monde, et voilà pourquoi, le lendemain du jour dont je vous ai parlé, quand on l'a questionné sur la casquette, il a joué la comédie.

» — Quelle casquette ?… Ah ! oui, ce chiffon que j'ai ramassé je ne sais plus où ?… J'ignore même ce qu'elle est devenue…

» Eh bien ! monsieur, moi, je peux vous affirmer qu'il y avait des taches de sang sur la casquette, comme je l'ai écrit au procureur…

— C'est vous qui avez écrit les lettres anonymes ?

— J'en ai écrit trois, en tout cas. S'il y en a eu d'autres, elles ne sont pas de moi. J'ai écrit au sujet de la casquette, puis sur les rapports d'Albert avec Geneviève Naud… Attendez, Désiré est peut-être ici…

C'était une épicerie, mais, à travers les vitres, Maigret vit qu'il y avait des bouteilles sur le bout du comptoir et deux tables, au fond, pour consommer. Le gamin revint bredouille.

— Il est passé ce matin de bonne heure. Il a dû faire toutes les chapelles…

Maigret n'avait repéré que deux cafés : le *Lion d'Or* et les *Trois Mules*. En moins d'une demi-heure, il en découvrit une bonne douzaine, non pas de vrais cafés, mais des débits que le passant n'aurait pas soupçonnés. Le bourrelier en tenait un à côté de son échoppe. Il y en avait un autre chez le maréchal-ferrant. Partout, ou à peu près, on avait vu le père Désiré.

— Comment était-il ?

— Il était bien.

Et on comprenait ce que cela voulait dire.

— Quand il est parti d'ici, il était pressé, car il avait quelque chose à faire à la poste…

— La poste est fermée, remarqua Louis. Je connais la receveuse. On n'a qu'à frapper à son carreau. Elle vous ouvrira.

— Surtout que j'ai un coup de téléphone à donner, dit Maigret.

Et, en effet, dès que le gosse eut frappé à la vitre, la fenêtre s'entrouvrit.

— C'est toi, Louis ? Qu'est-ce que tu veux ?

— C'est le monsieur de Paris qui a besoin de donner un coup de téléphone…

— J'ouvre tout de suite…

Maigret demanda la communication avec chez Naud.

— Allô ! Qui est à l'appareil ?

Il ne reconnaissait pas la voix. C'était une voix d'homme.

— Allô ! Vous dites ?… Ah ! pardon… Alban, oui… Je n'avais pas compris… Ici, Maigret… Voulez-vous dire à Mme Naud que je ne rentrerai pas déjeuner ?… Excusez-moi auprès d'elle… Non, rien d'important… Je ne sais pas encore quand je rentrerai…

En sortant de la cabine, il vit au visage de son compagnon que celui-ci avait un renseignement intéressant à lui communiquer.

— Je vous dois, mademoiselle ?… Merci… Excusez-moi de vous avoir dérangée…

Dans la rue, Louis lui apprit, tout agité :

— Je vous avais bien dit qu'il se passait quelque chose. Le père Désiré est venu sur le coup d'onze heures. Savez-vous ce qu'il a fait à la poste ? Il a envoyé un mandat de cinq cents francs à son fils qui est au Maroc... Son fils est un mauvais sujet, qui est parti d'un coup de tête... Quand il était ici, le vieux et lui se disputaient et se battaient quotidiennement... On n'a pour ainsi dire jamais connu Désiré autrement que saoul... Maintenant, son fils lui écrit de temps en temps, toujours pour se plaindre et lui réclamer de l'argent... Mais tout l'argent passe à boire, vous comprenez ?... Le vieux n'a jamais un sou... Parfois, au début du mois, il envoie un mandat de vingt francs ou de dix... Je me demande... Attendez... Si vous avez encore un peu de temps, nous irons voir chez sa belle-sœur...

Les rues, les maisons devant lesquelles il passait et repassait depuis le matin commençaient à devenir familières au commissaire. Il reconnaissait les visages au passage, les noms peints au-dessus des boutiques. Au lieu de s'éclaircir, le temps s'assombrissait à nouveau, une humidité impalpable épaississait l'air, ce n'était pas encore du brouillard, mais celui-ci ne tarderait pas à tomber.

— Sa belle-sœur est tricoteuse. C'est une vieille fille qui a été servante de l'ancien curé. Tenez, c'est ici...

Il gravit les trois marches d'un seuil, frappa, ouvrit une porte peinte en bleu.

— Désiré n'est pas ici ?

Aussitôt, il fit signe à Maigret de s'approcher.

— Salut, Désiré... Excusez-moi, mademoiselle Jeanne... C'est un monsieur de Paris qui voudrait dire deux mots à votre beau-frère...

La table était dressée dans une petite pièce très propre, près d'un lit d'acajou couvert d'un énorme édredon rouge. Il y avait une branche de buis accrochée à un crucifix, une vierge sous globe sur la commode, deux côtelettes sur une assiette décorée d'un dessin à légende.

Désiré fit bien un mouvement pour se lever, mais il comprit qu'il risquait de tomber de sa chaise, et il garda une immobilité très digne en grommelant, la langue si épaisse qu'il ne pouvait articuler les syllabes :

— Qu'est-ce qu'il y a pour votre service ?...

Car il était poli. Il le répétait volontiers.

— J'ai peut-être bu... Oui, j'ai peut-être bu un petit coup, mais moi, monsieur, je suis poli... Tout le monde vous dira que Désiré est poli avec le monde...

— Dites, Désiré, le monsieur a besoin de savoir à quel endroit vous avez trouvé la casquette... Vous savez, la casquette d'Albert...

Ces mots suffirent. Le visage de l'ivrogne se ferma, prit une expression d'hébétude parfaite, ses yeux qui nageaient dans du liquide devinrent plus glauques encore.

— ... Comprends pas ce que tu veux dire...

— Ne faites pas l'imbécile, Désiré... Même que cette casquette, c'est moi qui l'ai... Vous vous souvenez quand, le soir, vous l'avez jetée sur la table, chez François, en disant que vous l'aviez trouvée près du peuplier mort...

Le vieux singe ne se contenta pas de nier. Il fit des grimaces, s'y complut, en mit plus qu'il n'était nécessaire.

— Comprenez ce qu'il raconte, vous, m'sieu?... Pourquoi que j'aurais jeté une casquette sur la table, hein?... Jamais porté de casquette... Jeanne!... Où est mon chapeau?... Montre mon chapeau au monsieur... Ces gamins-là, ça n'a pas le respect des cheveux blancs...

— Désiré...

— Quoi, Désiré?... Désiré est peut-être saoul, mais il est poli et il te demande de l'appeler monsieur, Désiré... T'entends, morveux, fils à personne!

— Vous avez des nouvelles de votre fils? intervint brusquement Maigret.

— Eh bien! quoi, mon fils? Qu'est-ce qu'il a fait, mon fils? Et d'abord il est soldat, mon fils! C'est un brave, mon fils!

— C'est ce que je voulais dire. Il sera certainement content en recevant son mandat.

— Je n'aurais plus le droit de lui envoyer un mandat, à mon fils? Dis, Jeanne! Tu entends? Et peut-être bien que je n'aurais plus le droit de venir casser la croûte chez ma belle-sœur?

Au début, il avait peut-être eu peur. Maintenant, il s'amusait. Il se donnait à lui-même la comédie, à tel point que, quand Maigret se retira, il le suivit, titubant, jusqu'au seuil, il l'aurait même suivi dans la rue si Jeanne ne l'avait pas retenu.

— Il est poli, Désiré... Tu entends, morveux?...

Et vous, le Parisien, si on vous dit que le fils de Désiré n'est pas un brave…

Des portes s'ouvrirent. Maigret préféra s'éloigner.

Les larmes aux yeux, les dents serrées, Louis articulait :

— Je vous jure, monsieur le commissaire…

— Mais oui, mon petit, je te crois…

— C'est cet homme qui est descendu au *Lion d'Or*, n'est-ce pas ?

— J'en suis persuadé. Je voudrais en avoir la preuve. Connais-tu quelqu'un qui était hier soir au *Lion d'Or* ?

— Le fils Liboureau y était sûrement. Il y va tous les soirs…

— Eh bien ! pendant que je t'attends aux *Trois Mules*, va lui demander s'il y a vu le père Désiré et si celui-ci est entré en conversation avec le voyageur de Paris… Attends… Je suppose qu'on peut manger, aux *Trois Mules* ?… Nous casserons la croûte ensemble… Va vite…

Il n'y avait pas de nappe. Les couverts étaient en fer. Il n'y avait que de la salade de betterave, du lapin et un morceau de fromage arrosé d'un vilain blanc. Quand il revint, pourtant, le Grêlé fut gêné de s'asseoir à la table du commissaire.

— Eh bien ?

— Désiré est allé hier au *Lion d'Or*.

— Il a parlé au Cadavre ?

— Au quoi ?

— Ne fais pas attention. C'est un surnom qu'on lui a donné. Il lui a parlé ?

— Cela ne s'est pas passé comme ça. Celui que vous appelez Ca… Cela me fait un drôle d'effet…

— Son nom est Justin Cavre…

— M. Cavre, à ce que m'a dit Liboureau, est resté une bonne partie de la soirée à regarder jouer aux cartes, sans rien dire. Désiré buvait dans son coin. Il est parti vers dix heures et quelques minutes plus tard Liboureau a remarqué que le Parisien n'était plus là. Mais il ne sait pas s'il était sorti ou s'il était monté…

— Il était sorti.

— Qu'est-ce que vous allez faire ?

Fier d'être le collaborateur du commissaire, il brûlait d'impatience d'agir.

— Qui est-ce qui a vu une grosse somme d'argent chez Mme Retailleau ?

— Le facteur… Josaphat… Encore un qui boit… On l'appelle Josaphat parce que, quand sa femme est morte, il s'est saoulé plus encore que d'habitude et il répétait en pleurant :

» — Adieu, Céline… Nous nous retrouverons tous les deux dans la vallée de Josaphat… Compte sur moi…

— Qu'est-ce que vous préférez comme dessert ? vint demander la patronne qui, décidément, passait toute sa journée avec un de ses enfants sur le bras, faisant son travail d'une seule main. J'ai des biscuits et des pommes.

— Choisis… dit Maigret.

Et l'autre, rougissant :

— Cela m'est égal… Des biscuits… Voilà comment c'est venu… Peut-être dix ou douze jours après l'enterrement d'Albert, le facteur avait un recouvrement à faire chez Mme Retailleau… Elle était occupée à son ménage… Elle a cherché dans son porte-monnaie, mais il lui manquait cinquante francs… Alors, elle s'est dirigée vers la soupière qui est sur la commode… Vous l'avez sûrement remarquée… Une soupière à fleurs bleues… Elle se tenait devant pour que Josaphat ne voie pas ce qu'elle faisait, mais, le soir, il a juré qu'il avait vu des billets de mille francs, au moins dix, peut-être davantage… Or, tout le monde sait que Mme Retailleau n'a jamais eu autant d'argent à la fois… Albert dépensait tout ce qu'il gagnait…

— À quoi ?

— Il était coquet… Ce n'est pas un crime… Il aimait être bien habillé et il faisait faire ses costumes à Niort… Il payait facilement des tournées… Il répondait à sa mère que, du moment qu'elle touchait une rente…

— Ils se disputaient ?

— Quelquefois… Albert était indépendant, vous comprenez ?… Sa mère aurait voulu le traiter comme un gamin… S'il l'avait écoutée, il ne serait pas sorti le soir et il n'aurait jamais mis les pieds au café… Ma mère, c'est le contraire… Tout ce qu'elle demande, c'est de me voir le moins possible à la maison…

— Où peut-on trouver Josaphat ?

— À cette heure, il doit être chez lui, ou bien il va rentrer de sa première tournée. Dans une demi-heure, il sera au train pour prendre les sacs du second courrier…

— Vous nous donnerez des alcools, madame, s'il vous plaît ?

À travers les rideaux, Maigret contemplait les fenêtres d'en face, imaginait le surnommé Cadavre en train de manger comme lui et d'observer de même. Il ne tarda pas à être détrompé, car une auto s'annonça par un vacarme et stoppa en face du *Lion d'Or*. Cavre en descendit, sa serviette sous le bras, et se pencha sur le chauffeur pour discuter du prix avec lui et payer.

— À qui est cette voiture ?

— Au garagiste. Nous sommes passés devant tout à l'heure. Il fait le taxi à l'occasion, quand il y a un malade à transporter ou une course urgente…

L'auto faisait demi-tour et, d'après le bruit, on pouvait conclure qu'elle n'allait pas loin.

— Vous voyez. Il est rentré chez lui.

— Tu es bien avec lui ?

— C'est un copain de mon patron.

— Va lui demander où il est allé ce matin avec son client.

Moins de cinq minutes plus tard, le Grêlé revenait en courant.

— Il est allé à Fontenay-le-Comte. Il y a tout juste vingt-deux kilomètres…

— Tu ne lui as pas demandé où ?

— On lui a dit de s'arrêter au *Café du Commerce*, rue de la République. Le Parisien y est entré, en est ressorti avec quelqu'un et a dit au chauffeur de l'attendre…

— Tu ne sais pas qui était son compagnon ?

— Le mécanicien ne le connaît pas… Ils sont

restés une demi-heure absents… Puis, celui que vous appelez Cavre s'est fait reconduire… Il n'a donné que cinq francs de pourboire…

Étienne Naud n'était-il pas allé à Fontenay-le-Comte, lui aussi ?

— Allons voir Josaphat…

Il n'était déjà plus chez lui. On le rejoignit à la gare, où il attendait le train. Quand, du bout du quai, il vit arriver le Grêlé en compagnie de Maigret, il parut contrarié et se précipita dans le bureau du chef de gare, comme quelqu'un qui a à faire.

Mais les deux autres l'attendaient.

— Josaphat !… appela Louis.

— Qu'est-ce que tu veux ? J'ai pas le temps de m'occuper de toi…

— C'est quelqu'un qui voudrait te dire deux mots.

— Qui ça ?… Je suis en service et quand je suis en service…

Maigret eut toutes les peines du monde à le pousser vers un endroit désert, entre la lampisterie et les urinoirs.

— Un simple renseignement…

L'autre était sur ses gardes, cela se sentait. Il feignait d'entendre le train, d'être prêt à se précipiter vers le wagon postal et, en même temps, il ne pouvait s'empêcher de lancer un coup d'œil hargneux à Louis qui le mettait dans une telle situation.

Maigret savait déjà qu'il n'apprendrait rien, que son collègue Cavre était passé par là.

— Dépêchez-vous, car j'entends le train…

— Vous avez fait, il y a une dizaine de jours, un recouvrement chez Mme Retailleau.

— Je n'ai pas le droit de parler des questions de service…

— Pourtant vous en avez parlé le soir même…

— Devant moi ! intervint le gamin. Il y avait là Avrard, Lhériteau, le petit Croman…

Le facteur se balançait d'une jambe à l'autre, l'air à la fois stupide et insolent,

— De quel droit que vous m'interrogez ?

— On peut quand même bien te poser une question ? Tu n'es pas le pape ?

— Et si je lui demandais ses papiers, moi, à cet homme qui rôde depuis le matin dans le pays ? Hein ?

Maigret faisait déjà demi-tour, comprenant qu'il était superflu d'insister. Louis, lui, indigné par tant de mauvaise foi, s'emportait.

— Tu oserais dire que tu n'as pas parlé des billets de mille francs qui étaient dans la soupière ?

— Pourquoi est-ce que je n'oserais pas ? C'est toi qui m'en empêcherais, peut-être ?

— Tu en as parlé. Je te le ferai répéter par les autres. Tu as même précisé que les billets étaient attachés par une épingle…

Le facteur s'éloigna en haussant les épaules, car cette fois le train arrivait réellement et il alla se poster à l'endroit où s'arrêtait invariablement le wagon-poste.

— Crapule ! grondait Louis entre ses dents. Vous l'avez entendu, n'est-ce pas ? Et pourtant vous pouvez me croire. Quel intérêt aurais-je à mentir ? Je savais bien que cela se passerait ainsi…

— Pourquoi ?

— Parce que c'est toujours la même chose quand il s'agit d'eux...

— De qui ?

— Tous... Je ne sais pas comment vous expliquer, moi... Ils se tiennent entre eux... Ils sont riches... Ils sont parents ou amis avec des préfets, des généraux, des juges... Je ne sais pas si vous comprenez ce que je veux dire... Alors, les gens ont peur... Il leur arrive bien de bavarder, le soir, quand ils ont bu un coup de trop, mais le lendemain ils le regrettent...

» Qu'est-ce que vous allez faire ? Vous n'allez pas repartir pour Paris ?

— Mais non, mon petit. Pourquoi ?

— Je ne sais pas. L'autre a l'air...

Le gamin se mordit la langue juste à temps. Il allait sûrement dire quelque chose comme :

— L'autre a l'air tellement plus fort que vous !

Et c'était vrai. Dans le brouillard qui commençait à tomber comme un faux crépuscule, Maigret croyait voir le livide visage de Cavre, ses lèvres sans chair qui s'étiraient en un sourire sardonique.

— Ton patron ne va rien dire, que tu n'es pas encore au travail ?

— Oh ! non... Il n'en est pas, lui... S'il pouvait nous aider à prouver que le pauvre Albert a été assassiné, il le ferait, je vous assure...

Maigret sursauta en entendant derrière lui une voix qui questionnait :

— L'*Hôtel du Lion d'Or*, s'il vous plaît ?

L'employé en faction près du portillon désigna la rue qui s'amorçait à une centaine de mètres.

— Tout droit… Vous verrez, sur votre gauche…

Un tout petit homme grassouillet et tiré à quatre épingles traînait une valise qui paraissait aussi volumineuse que lui, cherchait des yeux un porteur inexistant. Mais c'est en vain que le commissaire l'examina des pieds à la tête. Il ne le connaissait pas.

5

## *Trois femmes dans un salon*

Le Grêlé dit, avant d'être happé par le brouillard dans lequel il se précipita tête baissée :

— Si vous avez besoin de moi, je serai toute la soirée aux *Trois Mules*…

Il était cinq heures. La nuit était tombée en même temps qu'un brouillard épais. Maigret avait toute la grand-rue de Saint-Aubin à parcourir avant d'atteindre la gare où il lui faudrait trouver le chemin conduisant chez Étienne Naud. Louis s'était proposé pour le conduire, mais il y a une limite à tout, la satiété était venue, Maigret commençait à en avoir assez de se laisser traîner comme par la main par le jeune homme trépidant et fiévreux.

Au moment de le quitter, l'autre lui avait dit d'un ton de reproche, avec quelque chose de quasi sentimental dans la voix :

— Ces gens-là (il parlait des Naud, bien entendu) vont vous faire des mamours et vous finirez par croire tout ce qu'ils vous raconteront…

Les mains dans les poches, le col du pardessus

relevé, Maigret marchait prudemment vers le phare que devenait la moindre lampe dont la lumière s'irradiait dans le brouillard. À cause de l'intensité du halo lumineux, qui paraissait encore lointain, on croyait marcher vers un objectif important. Et soudain, Maigret se heurtait presque à la vitrine froide de la Coopérative vendéenne devant laquelle il était passé vingt fois ce jour-là : une étroite boutique verte, assez fraîchement peinte avec, en montre, des objets de verre ou de faïence distribués en primes.

Plus loin, dans le noir absolu, il accrochait un objet dur, tâtonnait, longtemps perplexe, avant de se rendre compte qu'il avait échoué parmi les charrettes qui stationnaient, les brancards en l'air, devant chez le charron.

Les cloches, soudain, juste au-dessus de sa tête. Il passait devant l'église. Le bureau de poste était à droite, avec son guichet pour poupées ; en face, il y avait la maison du docteur.

Le café du *Lion d'Or*, d'un côté, les *Trois Mules* de l'autre. C'était extraordinaire de penser que partout où on voyait une lumière il y avait des gens qui vivaient dans un tout petit cercle de chaleur. C'était comme des incrustations dans l'immensité glacée de l'univers.

Saint-Aubin n'était pas grand. Déjà les lumières de la laiterie donnaient l'impression du flamboiement d'une usine dans la nuit. Une locomotive haut le pied, en gare, crachait du feu.

C'était dans ce monde en miniature qu'Albert Retailleau avait vécu. Sa mère y avait passé toute sa vie. En dehors de vacances aux Sables-d'Olonne, une Geneviève Naud ne quittait pour ainsi dire jamais le bourg.

Quand le train avait ralenti un peu avant la gare de Niort, Maigret avait aperçu des rues désertes sous la pluie, des rangs de becs de gaz, des maisons comme aveugles, et il avait pensé :

— Il y a des gens qui passent toute leur vie dans cette rue.

Tâtant le sol du pied, il s'avançait maintenant le long du canal vers le nouveau phare qu'était la lumière qui brillait chez Naud. Il avait vu aussi, du train, par des nuits froides ou par la pluie battante, de ces maisons isolées dont seul un rectangle de lumière jaune révèle l'existence. L'imagination s'excite. On fait des suppositions.

Eh bien ! voilà, il pénétrait dans l'intimité d'une de ces lumières. Il gravissait le perron, cherchait la sonnette, s'apercevait que la porte était contre. Alors, il entrait dans le vestibule en traînant les pieds exprès, pour annoncer sa présence, mais cela n'interrompait pas le monologue monotone qu'on entendait dans le salon de gauche. Il se débarrassait de son pardessus mouillé, de son chapeau, s'essuyait les pieds au paillasson, frappait.

— Entrez… Geneviève, ouvre la porte…

Il l'avait déjà ouverte ; il découvrait, dans le salon où on n'avait allumé qu'une des lampes, Mme Naud qui cousait devant l'âtre, une très vieille femme assise en face d'elle et une jeune fille qui s'avançait vers lui.

— Je vous demande pardon de vous déranger…

La jeune fille le regardait, anxieuse, ne sachant

pas encore s'il n'allait pas la trahir. Il se contenta de s'incliner devant elle.

— Ma fille, monsieur le commissaire... Elle tenait tant à faire votre connaissance, que ses malaises ont disparu... Permettez-moi de vous présenter à ma mère...

Ainsi, c'était là cette Clémentine Bréjon, née La Noue, que tout le monde appelait familièrement Tine. Petite et vive, avec un visage grimaçant qui faisait penser aux bustes de Voltaire, elle se levait et questionnait d'une étrange voix de fausset :

— Eh bien ! commissaire, avez-vous assez boule-versé notre pauvre Saint-Aubin ? Dix fois, que dis-je, davantage, je vous ai vu passer et repasser et, cet après-midi, j'ai constaté que vous aviez fait une recrue... Sais-tu, Louise, qui a servi de cornac au commissaire ?

Le mot cornac était-il choisi à dessein pour souligner la disproportion entre le maigre Louis et l'élé-phantesque Maigret ?

Louise Naud, qui était loin d'avoir la vivacité de sa mère, et dont le visage était beaucoup plus long et plus pâle, se penchait toujours sur son travail de couture, hochant la tête, manifestant seulement son attention par de pâles sourires.

— Le fils de Fillou... C'était fatal... Le gamin a dû le guetter... Il vous en a sans doute raconté de belles, commissaire ?

— Mais non, madame... Il s'est contenté de me conduire chez telle ou telle personne que je désirais voir et que j'aurais trouvée difficilement sans lui, car les habitants, en général, ne sont pas particulièrement loquaces…

La jeune fille s'était assise et regardait fixement Maigret, comme hypnotisée par lui. Quant à Mme Naud, de temps en temps, elle levait les yeux de son ouvrage et jetait un coup d'œil furtif à son enfant.

Le salon était le même que la veille, tous les objets étaient à leur place, un calme lourd régnait, et pourtant il n'y avait guère que l'aïeule pour donner l'impression d'une vie naturelle.

— Moi qui suis vieille, commissaire, j'ai connu une affaire dans le genre de celle-ci, mais beaucoup plus grave, qui a failli mettre Saint-Aubin à feu et à sang. À cette époque-là, il existait une saboterie qui occupait une cinquantaine d'ouvriers et d'ouvrières. C'était le moment où des grèves éclataient continuellement dans toute la France et où, pour un oui ou pour un non, les ouvriers défilaient en cortège.

Mme Naud avait levé la tête pour écouter et Maigret lisait une anxiété difficilement réprimée sur son maigre visage qui ressemblait trait pour trait à celui du juge Bréjon.

— Un des ouvriers de la saboterie s'appelait Fillou. Ce n'était pas un mauvais homme, mais il buvait volontiers le coup et, quand il avait bu, il se croyait un tribun. Que s'est-il passé au juste ? Un jour, il est entré chez son patron pour lui adresser je ne sais quelle réclamation. Peu de temps après, la porte s'est ouverte et on a vu Fillou, lancé comme par une catapulte, franchir plusieurs mètres à reculons et tomber dans le canal.

— C'était le père de mon Grêlé? questionna Maigret.

— Son père, oui. Il est mort, maintenant. À l'époque, il fallait être pour ou contre Fillou, pour ou contre le patron. D'un côté on affirmait que Fillou, ivre, s'était conduit d'une façon insensée et que le sabotier avait été forcé de s'en débarrasser avec violence. De l'autre, c'était le patron qui avait tous les torts, qui avait prononcé des mots odieux, entre autres, parlant des enfants de ses ouvriers :

» — Je n'en peux rien, moi, si le samedi soir, quand ils ont la cuite, ils font des gosses...

— Fillou est mort, avez-vous dit?

— Voilà deux ans. D'un cancer à l'estomac.

— Il avait beaucoup de partisans, à l'époque dont vous parlez?

— Il n'avait pas le nombre pour lui, mais c'étaient les plus enragés et, tous les matins, certaines personnes trouvaient sur leur porte des menaces écrites à la craie...

— Voulez-vous dire, madame, que les deux affaires se ressemblent?

— Je ne veux rien dire du tout, commissaire. Les vieux, vous le savez, aiment radoter. Dans les petits pays, il y a toujours une affaire Fillou ou une affaire Retailleau sans laquelle la vie serait trop monotone. Il y a toujours aussi un petit groupe qui jette feu et flammes...

— Comment l'affaire Fillou s'est-elle terminée?

— Par le silence, bien entendu...

Eh oui! par le silence, se répétait Maigret. Car le petit groupe d'énergumènes a beau s'agiter, le silence est le plus fort. Et c'était au silence qu'il s'était heurté toute la journée.

Il se produisait d'ailleurs en lui, depuis qu'il était installé dans le salon, un phénomène qui n'était pas sans lui causer un malaise.

Depuis le matin jusqu'au soir, il avait erré dans les rues, maussade, obstiné, sur les pas du Grêlé qui lui avait communiqué un peu de son acharnement.

— Celle-ci en est... disait Louis.

Et *en être*, dans son esprit, c'était faire partie de cette sorte de conspiration du silence, c'était appartenir au groupe qui ne veut pas d'histoires, qui tient à vivre comme si tout était pour le mieux dans le meilleur des mondes.

Au fond, on peut dire que Maigret avait pris fait et cause pour le petit cercle des révoltés. Il avait trinqué avec eux, aux *Trois Mules*. Il avait renié les Naud en affirmant qu'il n'était pas à leur service. Pour un peu, quand le gamin doutait de lui, il lui aurait donné des gages.

Et pourtant Louis ne s'était pas trompé quand, au moment de quitter le commissaire, il l'avait regardé d'un air soupçonneux, devinant confusément ce qui se passerait quand son compagnon serait à nouveau l'hôte de l'ennemi. C'était pour cela qu'il avait insisté pour le conduire jusqu'à la porte, pour le gonfler à bloc, pour le prémunir contre toute faiblesse.

— Si vous avez besoin de moi, je serai toute la soirée aux *Trois Mules*...

Il attendrait en vain. Maigret avait presque honte, dans ce salon si bourgeoisement feutré, d'avoir couru les rues en compagnie d'un gamin et de s'être fait rabrouer par toutes les personnes qu'il s'était obstiné à questionner.

Au mur, il y avait un portrait que Maigret n'avait pas remarqué la veille, un portrait du juge d'instruction Bréjon qui semblait regarder fixement le commissaire comme pour lui dire :

— N'oubliez pas la mission dont je vous ai chargé…

Il observait alors les doigts de Louise Naud qui cousait, et il était hypnotisé par leur nervosité. Son visage restait presque serein, mais ses doigts révélaient une terreur presque panique.

— Que pensez-vous de notre docteur? questionnait la vieille dame bavarde. Un type, n'est-ce pas? L'erreur que vous faites tous, à Paris, c'est de croire qu'il n'y a pas de personnages intéressants dans les campagnes. Si vous restiez seulement deux mois ici… Dis-moi, Louise, ton mari ne rentre pas?

— Il a téléphoné tout à l'heure qu'il rentrerait tard, car il a été appelé à La Roche-sur-Yon. Il m'a prié de l'excuser auprès de vous, monsieur le commissaire…

— Je vous dois des excuses, moi aussi, pour n'être pas rentré déjeuner…

— Geneviève! Tu devrais servir l'apéritif au commissaire…

— Moi, mes enfants, il est temps que je m'en aille.

— Restez dîner avec nous, maman. Étienne vous reconduira en voiture quand il rentrera.

— Nenni, ma fille. Je n'ai pas besoin qu'on me reconduise…

On l'aida à nouer les rubans d'un petit cabriolet noir coquettement posé sur sa tête. On lui passa des caoutchoucs par-dessus ses chaussures.

— Vous ne voulez pas que je fasse atteler ?

— Il sera bien temps d'atteler le jour de mon enterrement. Au revoir, commissaire. Si vous passez encore sous mes fenêtres, venez me dire un petit bonjour. Bonsoir, Louise. Bonsoir, Vièvre…

Et, soudain, la porte refermée, il y eut un grand vide. Maigret comprit alors pourquoi on avait essayé de retenir la vieille Tine. Elle partie, le silence tombait sur les épaules, lourd, angoissant, et on sentait partout grouiller comme de la peur. Les doigts de Louise Naud couraient de plus en plus vite sur son ouvrage tandis que la jeune fille cherchait une excuse pour sortir de la pièce et n'osait pas.

N'était-ce pas bouleversant de penser que, si Albert Retailleau était mort, si on l'avait découvert un matin, déchiqueté, sur le ballast du chemin de fer, son fils vivait en ce moment dans cette pièce, sous la forme d'un être qui naîtrait dans quelques mois ?

Quand Maigret se tournait vers la jeune fille, celle-ci évitait de détourner les yeux. Elle restait droite, au contraire, lui offrant tout son visage, comme pour lui dire :

— Non, vous n'avez pas rêvé. Je suis allée dans votre chambre, cette nuit, et je n'étais pas somnambule. Ce que je vous ai dit alors, c'est la vérité. Vous voyez que je n'en rougis pas. Je ne suis pas folle. Albert était mon amant et je suis enceinte de lui…

Ainsi, le fils de cette Mme Retailleau qui avait si bien défendu ses droits lors de la mort de son mari, le jeune et ardent ami du Grêlé pénétrait dans cette maison, la nuit, à l'insu de tous. Geneviève l'accueillait dans sa chambre, la dernière dans l'aile droite.

— Veuillez m'excuser, mesdames. J'aimerais, si vous n'y voyez pas d'inconvénient, faire quelques pas dans les cours et dans les communs.

— Vous permettez que je vous accompagne ?

— Tu vas prendre froid, Geneviève.

— Mais non, maman. Je me couvrirai.

Elle rapporta de la cuisine une lanterne d'écurie tout allumée. Maigret, dans le vestibule, l'aida à passer une cape.

— Qu'est-ce que vous voulez voir ? lui demanda-t-elle, tout bas.

— Allons dans la cour.

— Nous pouvons passer par ici. C'est inutile de faire le tour de la maison… Attention aux marches…

Il y avait de la lumière dans les écuries aux portes ouvertes, mais on ne distinguait rien tant le brouillard était épais.

— Votre chambre est bien celle qui se trouve juste au-dessus de nous, n'est-ce pas ?

— Oui… Je comprends ce que vous voulez dire… Il n'entrait pas par la porte, évidemment… Venez… Vous voyez cette échelle… On la laisse toujours à cette place… Il n'avait qu'à la pousser de trois mètres…

— Où est la chambre de vos parents ?

— Trois fenêtres plus loin.

— Et les deux autres fenêtres ?

— L'une est la chambre d'amis, celle où Alban a dormi cette nuit. L'autre est une chambre qui ne sert plus depuis que ma petite sœur y est morte, et maman seule en a la clef.

Elle avait froid ; elle évitait de le montrer pour ne pas avoir l'air de vouloir mettre fin à cet entretien.

— Vos parents n'ont jamais rien soupçonné ?

— Non.

— Il y a longtemps que cette liaison durait ?

Elle n'eut pas à chercher dans sa mémoire.

— Trois mois et demi...

— Retailleau connaissait les conséquences de votre amour ?

— Oui.

— Quelles étaient ses intentions ?

— Tout avouer à mes parents et m'épouser.

— Pourquoi, le dernier soir, était-il furieux ?

Maigret la fixait, pour autant qu'il pouvait distinguer ses traits dans le brouillard. Le silence qui suivit lui révéla la stupeur de la jeune fille.

— Je vous ai demandé...

— J'ai bien entendu.

— Eh bien !

— Je ne comprends pas... Pourquoi dites-vous qu'il était furieux ?...

Et ses mains tremblaient comme celles de sa mère, communiquant leur frémissement à la lanterne.

— Il ne s'est rien passé de particulier entre vous ce soir-là ?

— Rien, non.

— Albert est reparti par la fenêtre comme d'habitude ?

— Oui… Il y avait de la lune… Je l'ai vu qui s'éloignait vers le fond de la cour pour enjamber le petit mur et gagner le chemin…

— Quelle heure était-il ?

— Peut-être minuit et demi…

— Avait-il l'habitude de rester si peu de temps ?

— Que voulez-vous dire ?

Elle cherchait à gagner du temps. Derrière une fenêtre, non loin d'eux, on voyait aller et venir la vieille cuisinière.

— Il est arrivé vers minuit. Je suppose que d'habitude, il ne repartait pas aussi vite… Vous ne vous êtes pas disputés ?

— Pourquoi nous serions-nous disputés ?

— Je ne sais pas… Je vous questionne…

— Non…

— Quand devait-il parler à vos parents ?

— Prochainement… Nous attendions une occasion…

— Rappelez bien vos souvenirs… Êtes-vous sûre que, cette nuit-là, vous n'avez vu aucune lumière dans la maison ?… N'avez-vous entendu aucun bruit ?… N'y avait-il personne d'embusqué dans la cour ?

— Je n'ai rien vu… Je vous jure, monsieur le commissaire, que je ne sais rien… Vous ne me croyez peut-être pas, mais c'est la vérité… Jamais, vous entendez, jamais je n'avouerai à mon père ce que je vous ai avoué cette nuit… Je partirai… Je ne sais pas encore ce que je ferai…

— Pourquoi m'avez-vous parlé ?

— Je l'ignore… J'avais peur… Je m'imaginais

que vous alliez tout découvrir, que vous diriez tout à mes parents...

— Rentrons, voulez-vous? Vous êtes frissonnante.

— Vous ne parlerez pas?

Il ne savait que répondre. Il ne voulait pas se lier par une promesse. Il murmurait :

— Ayez confiance.

Est-ce qu'il «en était» à son tour, pour parler comme le Grêlé? Oh! maintenant il comprenait à merveille l'expression de celui-ci. Albert Retailleau était mort. Il était enterré. Et il y avait à Saint-Aubin un certain nombre de personnes, la majorité, qui considéraient que, puisqu'il était impossible de faire revivre le jeune homme, le plus sage était de n'en plus parler.

En être, c'était faire partie de ce clan-là. La mère de Retailleau elle-même en était, qui n'avait pas eu l'air de comprendre pourquoi on ouvrait une enquête.

Et ceux qui n'en étaient pas dès le premier jour étaient ralliés les uns après les autres. Désiré ne voulait plus avoir découvert la casquette. Quelle casquette? Il avait de l'argent pour boire à sa soif et pour envoyer un mandat de cinq cents francs à son mauvais sujet de fils.

Josaphat, le facteur, ne se souvenait pas des billets de mille francs dans la soupière.

Étienne Naud était confus que son beau-frère eût eu l'idée de lui envoyer un homme comme Maigret, qui semblait se mettre dans la tête de découvrir la vérité.

Quelle vérité ? Et à qui, à quoi cette vérité servirait-elle ?

Il n'y avait que le petit groupe des *Trois Mules*, le menuisier, un charretier, un gamin comme Louis Fillou, dont le père était déjà une forte tête, à raconter des histoires.

— Vous n'avez pas faim, monsieur le commissaire ? questionnait Mme Naud comme Maigret pénétrait dans le salon. Où est ma fille ?

— Je viens de la quitter dans le vestibule. Je suppose qu'elle sera montée un instant dans sa chambre.

Alors, il y eut un quart d'heure vraiment tragique. Ils n'étaient plus que deux dans le salon vieillot et surchauffé où parfois une bûche s'écroulait en lançant des étincelles. La seule lampe allumée avait un abat-jour rose dont les reflets adoucissaient toutes les couleurs. On n'entendait aucun bruit, sinon parfois un de ces bruits familiers de cuisine, le poêle qu'on chargeait, une casserole qu'on changeait de place, une assiette de faïence qu'on posait sur la table.

Louise Naud aurait voulu parler. Cela se sentait à son attitude. Elle était en proie à un démon qui la poussait à dire…

À dire quoi ? Elle souffrait. Parfois elle ouvrait la bouche, décidée, et Maigret avait peur des mots qui allaient sortir de ses lèvres.

Elle se taisait. Un spasme nerveux serrait sa poitrine, ses épaules frémissaient une seconde et elle continuait à coudre à petits points, écrasée par cette chape d'immobilité et de silence qui les isolait tous les deux.

Savait-elle qu'entre sa fille et Retailleau…

— Vous permettez que je fume, madame ?

Elle sursauta. Peut-être avait-elle craint d'autres paroles et elle balbutia :

— Je vous en prie… Vous êtes chez vous…

Puis elle redressait le buste, tendait l'oreille.

— Mon Dieu…

Mon Dieu quoi ? Ce qu'elle attendait, c'était le retour de son mari, l'arrivée de n'importe qui, qui mettrait fin au supplice de ce tête-à-tête.

Et alors Maigret avait des remords. Qu'est-ce qui l'empêchait de se lever et de dire :

— Je crois que votre frère s'est trompé en me demandant de venir ici. Je n'ai rien à y faire. Cette histoire ne me regarde en rien et, si vous le permettez, je prendrai le premier train pour Paris en vous remerciant de votre bon accueil.

Il revoyait le pâle visage du Grêlé, ses yeux ardents, sa bouche sardonique.

Il revoyait surtout la silhouette de Cavre, sa serviette sous le bras, de Cavre à qui, après tant d'années, le hasard donnait enfin l'occasion de triompher de l'ex-chef qu'il haïssait.

Car Cavre le détestait. Il détestait tout le monde, certes, mais Maigret en particulier, Maigret qu'il considérait comme un autre lui-même, une épreuve réussie de sa propre personne.

Quel travail souterrain n'avait-il pas accompli depuis la veille, depuis qu'ils avaient débarqué ensemble du train et que Naud avait failli prendre le surnommé Cadavre pour le commissaire Maigret ?

Où était l'horloge dont on entendait le tic-tac ?

Maigret la cherchait des yeux. Il était en proie à un véritable malaise. Il se disait :

— Encore cinq minutes et cette pauvre femme piquera une crise… Elle va me crier la vérité à la face… Elle n'en peut plus… Elle est à bout…

Il suffirait de lui poser une question précise. Même pas ! Il irait se camper devant elle. Il la regarderait d'un œil interrogateur. Est-ce qu'elle était capable de résister ?

Au lieu de cela, il se taisait et même, pudiquement, pour la mettre à l'aise, il saisissait une brochure sur un guéridon. C'était un magazine féminin consacré à des modèles de broderie.

Comme dans la salle d'attente d'un dentiste où on lit des choses qu'on n'eût jamais lues ailleurs, Maigret tourna les pages en regardant avec attention les illustrations roses et bleues, sans que le lien invisible qui le reliait à son hôtesse se relâchât un seul instant.

Ce fut la servante qui les sauva. C'était une jeune fille de la campagne, assez fruste, dont la robe noire et le tablier blanc faisaient ressortir la rude inégalité de traits.

— Oh ! pardon… Je ne savais pas qu'il y avait quelqu'un…

— Qu'est-ce que c'est, Marthe ?

— Je voulais savoir si je devais mettre la table ou s'il fallait attendre monsieur…

— Mettez la table !

— Est-ce que M. Alban vient dîner ?

— Je ne sais pas. Mettez toujours son couvert…

Quel soulagement de prononcer des mots de tous

les jours, de parler de choses simples et rassurantes !
Elle se raccrochait à Alban.

— Il est venu déjeuner avec nous… C'est lui qui
a reçu votre coup de téléphone… Il est si seul dans la
vie !… Nous finissons par le considérer comme de la
maison…

Elle en profitait pour s'échapper, puisque l'occasion lui en était enfin donnée.

— Vous permettez un instant ?… Une maîtresse
de maison, vous savez, a toujours quelque chose à
surveiller du côté de la cuisine… Je vais faire dire à
ma fille de venir vous tenir compagnie…

— N'en faites rien, je vous en prie…

— D'ailleurs… (Elle tendit l'oreille.) Oui…
Voici mon mari qui rentre…

Une auto s'arrêtait au pied du perron et le moteur
continuait à tourner, on entendait des voix, Maigret
se demanda si son hôte ramenait quelqu'un, mais il
donnait seulement des instructions à un domestique
qui s'était précipité vers la voiture.

Naud poussa la porte du salon avant de s'être
débarrassé de son manteau de cuir, et il y eut de l'anxiété dans le regard qu'il lança aux deux personnages qu'il était étonné de trouver en tête à tête.

— Ah !… Vous êtes…

— Je disais justement à monsieur le commissaire,
Étienne, que j'étais obligée de le laisser un moment
pour aller faire un tour à la cuisine…

— Vous m'excusez, commissaire… Je fais partie
de la Commission d'agriculture du Conseil général
et j'avais oublié que nous avions aujourd'hui une
réunion importante…

Il s'ébrouait, se servait un verre de porto, cherchant toujours à se rendre compte de ce qui avait pu se passer en son absence.

— Eh bien! vous avez fait du bon travail? On m'a dit au téléphone que vous n'avez pas eu le temps de rentrer déjeuner...

Lui aussi avait peur du tête-à-tête. Il regardait les fauteuils du salon comme pour leur reprocher d'être sans occupants.

— Alban n'est pas venu? questionna-t-il avec une fausse bonhomie, tourné vers la salle à manger dont la porte était restée ouverte.

Et la voix de sa femme, de la cuisine :

— Il a déjeuné avec nous. Il n'a pas dit s'il reviendrait...

— Geneviève?

— Elle est montée dans sa chambre...

Il n'osait pas s'asseoir, se fixer. Maigret comprenait son angoisse, en arrivait presque à la partager. Ils avaient besoin, pour se sentir forts, ou simplement pour ne pas trembler, d'être réunis, coude à coude, de former le cercle familial au complet.

Alors, il était possible de recréer pour le commissaire l'atmosphère habituelle de la maison. On s'aidait mutuellement. On prononçait des phrases banales qui s'enchaînaient et constituaient une sorte de ronron rassurant.

— Un verre de porto?

— Je viens d'en prendre.

— Vous en prendrez bien un second... Alors... Racontez-moi ce que vous avez fait... Ou plutôt... Car enfin, je crois que je suis indiscret...

— La casquette a disparu, prononça Maigret en regardant fixement le tapis.

— Ah! oui, vraiment?... Cette fameuse casquette qui devait prouver... Et où était-elle donc... Figurez-vous que je me suis toujours demandé si elle existait réellement...

— Un certain Louis Fillou prétend qu'elle se trouvait dans un tiroir de sa commode...

— Chez le Grêlé?... Et vous dites qu'on la lui a volée ce matin?... Vous ne trouvez pas ça étrange, vous?

Il riait. Il était debout, grand et fort, le teint rose, la chair drue. Il était le propriétaire de cette maison, le chef de famille, il revenait de La Roche-sur-Yon où il avait participé à des débats administratifs. C'était Étienne Naud, le grand Naud, aurait-on dit dans le pays, le fils de Sébastien qui était déjà connu et respecté dans tout le département.

Et son rire sonnait la peur tandis qu'il saisissait un verre de porto, son regard cherchait en vain l'aide habituelle des siens, il aurait voulu avoir tout son monde autour de lui, sa femme, sa fille, et Alban qui se permettait d'être absent un jour comme celui-là.

— Un cigare?... Non, sans façon?...

Il tournait en rond dans le salon, comme si s'asseoir eût été tomber dans un piège, se livrer pieds et poings liés au terrible commissaire qu'un beau-frère imbécile lui avait envoyé pour sa perte.

## 6

## L'alibi de Groult-Cotelle

Un incident eut lieu, insignifiant en soi, qui donna cependant à réfléchir à Maigret. C'était avant le dîner. Étienne Naud ne s'était pas encore décidé à s'asseoir, comme s'il eût craint, une fois immobilisé, d'être davantage à la merci du commissaire. On entendait les voix de Mme Naud et de sa servante dans la salle à manger, où il était question entre elles d'argenterie mal nettoyée. Quant à Geneviève, elle venait de descendre.

Maigret surprit le regard que son père lui lança quand elle s'avança dans le salon. Il y avait un peu d'inquiétude dans ce regard. Naud n'avait pas vu sa fille depuis la veille. À ce moment-là, elle était souffrante. Il était naturel aussi que Geneviève le rassurât d'un sourire.

Juste à cet instant, la sonnerie du téléphone retentit et Naud sortit de la pièce car l'appareil était dans le vestibule. Il laissa la porte ouverte.

— Comment ? s'étonnait-il. Mais bien sûr, sacrebleu, qu'il est ici. Vous dites ?... Mais oui, dépêchez-vous, on vous attend...

Quand il revint au salon, il haussait encore les épaules.

— Je me demande ce qu'il prend à notre ami Alban. Voilà des années qu'il a son couvert mis chez nous. Ce soir, il me téléphone pour me demander si vous êtes à la maison et, quand je lui réponds que oui, il me demande la permission de venir dîner, en ajoutant qu'il a besoin de vous parler…

Le hasard fit que Maigret regardait, non le père, mais la jeune fille, et il fut étonné par l'expression farouche de son visage.

— Il a presque fait la même chose tout à l'heure, dit-elle avec humeur. Il est venu déjeuner à la maison et, quand il a vu que le commissaire n'y était pas, il a paru désappointé. J'ai cru qu'il allait partir. Il a balbutié :

» — C'est dommage. J'avais quelque chose à lui montrer…

» Il nous a quittées aussitôt après avoir avalé son dessert. Vous avez dû le rencontrer au bourg, monsieur le commissaire ?

C'était si ténu que c'était inexprimable. Une nuance, dans la voix de la jeune fille. Et encore : ce n'était pas tant dans la voix. Qu'est-ce, par exemple, qui fait qu'un homme averti constate soudain qu'une jeune fille est devenue femme ?

La remarque de Maigret était du même genre. Il lui semblait que, dans la mauvaise humeur de Geneviève, il y avait autre chose que de la mauvaise humeur pure et simple et il se promit d'observer davantage Mlle Naud.

La mère entrait en s'excusant. Sa fille en profitait pour répéter :

— Alban vient de téléphoner pour nous avertir qu'il dîne avec nous. Il a d'abord demandé si le commissaire était ici. Ce n'est pas pour nous qu'il vient…

— Il sera là dans un instant, dit le père qui, la

famille réunie, s'asseyait enfin. Il aura pris son vélo et il en a pour trois minutes.

Maigret restait sagement assis à sa place, l'air plutôt morne. Ses gros yeux étaient sans expression, comme chaque fois qu'il se trouvait dans une situation délicate. Il les observait l'un après l'autre, esquissant un sourire quand on lui adressait la parole, et il se disait :

— Ce qu'ils doivent maudire leur gaffeur de beau-frère et ce qu'ils doivent me maudire ! Ils sont tous au courant de ce qui s'est passé, y compris l'ami Alban. C'est pour cela qu'ils tremblent dès qu'ils sont un instant l'un sans l'autre. Ensemble, ils se rassurent, forment bloc...

Que s'était-il passé au juste ? Étienne Naud avait-il découvert le jeune Retailleau dans la chambre de sa fille ? Une discussion avait-elle éclaté entre eux ? S'étaient-ils battus ? Naud avait-il tout bonnement tiré comme sur un lapin ?

Quelle nuit ils avaient dû vivre ! Et la mère qui s'affolait ! La peur des domestiques qui avaient peut-être entendu du bruit...

On grattait à la porte d'entrée. Geneviève avait un mouvement comme pour aller ouvrir, mais restait assise, et Naud, un peu étonné, comme si c'était un manquement aux habitudes, se dirigeait vers le vestibule. On l'entendait parler du brouillard. Les deux hommes rentraient ensemble.

Au fait, c'était la première fois que Maigret voyait la jeune fille en présence d'Alban. Elle lui tendit la main avec une certaine raideur. Lui s'inclinait, baisait le revers des doigts, se tournait vers Maigret, pressé de lui annoncer ou de lui montrer quelque chose.

— Figurez-vous, commissaire, que ce matin, après votre départ, j'ai mis par hasard la main sur ceci…

Et il lui tendait un petit carré de papier qui avait été réuni à d'autres à l'aide d'une épingle, car il était percé de deux petits trous.

— Qu'est-ce que c'est ? questionna familièrement Naud, tandis que le visage de la jeune fille exprimait la méfiance.

— Vous vous êtes tous moqués de la manie que j'ai de garder le moindre bout de papier. Je pourrais retrouver le plus petit compte de blanchisseuse d'il y a trois ans ou d'il y a huit ans !

Le papier que Maigret tournait et retournait entre ses gros doigts était une note de l'*Hôtel de l'Europe*, à La Roche-sur-Yon. *Chambre 30 francs. Petit déjeuner : 6 francs. Service…*

La date : *7 janvier.*

— Bien entendu, disait Alban avec l'air de s'excuser, cela n'a aucune importance. Cependant, je me suis souvenu que la police aime les alibis. Regardez la date. Comme par hasard, j'étais à La Roche, vous le voyez, la nuit où la personne que vous savez a trouvé la mort…

La réaction de Naud et de sa femme fut celle de gens du monde en face d'une incorrection. Mme Naud, étonnée, regarda d'abord Alban, comme si elle n'eût pas attendu de lui pareille attitude, puis, en soupirant, baissa les yeux vers les bûches du foyer. Son mari, lui, fronça les sourcils. Il était plus lent à comprendre. Peut-être cherchait-il à cette manœuvre de son ami un sens plus profond?

Quant à Geneviève, elle était devenue pâle de fureur. On avait senti en elle un véritable choc. Ses prunelles étincelaient. Maigret voulut ne regarder qu'elle, tant, depuis quelques instants, ses attitudes l'intéressaient.

Alban, long et maigre, le front déplumé, restait un peu penaud au milieu du salon.

— Au moins, vous, vous n'attendez pas qu'on vous accuse pour tirer votre épingle du jeu, finit par prononcer Naud qui avait eu le temps de peser ses mots.

— Qu'est-ce que vous allez chercher là, Étienne? J'ai l'impression que, tous, vous avez mal interprété mon geste. Tout à l'heure, par hasard, en rangeant des papiers, je tombe sur cette note d'hôtel. Je trouve curieux de la montrer au commissaire, étant donné qu'elle porte juste la date du jour où…

Mme Naud elle-même intervient, ce qui lui arrive rarement:

— Vous nous l'avez déjà dit, fait-elle. Je crois que nous pouvons nous mettre à table…

La gêne persiste. Le repas a beau être aussi soigné, aussi réussi que celui de la veille, on sent que c'est en vain qu'on s'efforcera de créer une atmosphère de cordialité, ou un semblant de détente. Geneviève est la plus excitée. Longtemps après, Maigret voit encore sa poitrine se lever et s'abaisser sous le coup de l'émotion: c'est une colère de femme, on jurerait que c'est une rage d'amante. Elle mange peu, du bout des lèvres. Pas une fois, elle ne regarde dans la direction d'Alban, qui, de son côté, ne regarde plus personne en face.

C'est bien l'homme à conserver les moindres bouts de papier, à les classer, à les épingler par liasses comme des billets de banque. C'est bien l'homme aussi à se tirer seul d'affaire si l'occasion s'en présente, quitte à laisser ses compagnons dans le pétrin.

Tout cela se sent. Il y a quelque chose de vilain dans l'atmosphère. Mme Naud se montre plus inquiète. Naud, au contraire, s'efforce de rassurer les siens, tout en poursuivant peut-être un autre but.

— À propos, ce matin, à Fontenay, j'ai eu l'occasion de rencontrer le procureur. Au fait, Alban, il est presque votre parent par les femmes, car il a épousé une Deharme, de Cholet.

— Les Deharme de Cholet ne sont pas parents avec la famille du général. Ils sont originaires de Nantes et leur…

Naud poursuit :

— Vous savez, monsieur le commissaire, qu'il a été fort rassurant. Certes, il a répondu à mon beau-frère Bréjon qu'une information paraissait inévitable, mais ce sera une information de pure forme, en tout cas, en ce qui nous concerne. Je lui ai appris que vous étiez ici…

Tiens ! Il regrette déjà cette phrase qu'il a prononcée étourdiment. Il a légèrement rougi. Il s'empresse de mettre un gros morceau de homard à la crème dans sa bouche.

— Qu'est-ce qu'il vous a dit à mon sujet ?

— Il vous admire beaucoup. Il a suivi dans les

journaux la plupart de vos enquêtes. C'est justement parce qu'il vous admire…

Le pauvre homme ne sait plus comment en sortir.

— Il s'étonne que mon beau-frère ait cru devoir déranger un homme comme vous pour une affaire aussi banale…

— Je comprends…

— Vous n'êtes pas vexé ? C'est justement à cause de son admiration…

— Êtes-vous sûr qu'il n'ait pas ajouté que mon intervention risque de donner à cette affaire une importance qu'elle n'a pas ?

— Comment le savez-vous ? Vous l'avez vu ?

Maigret sourit. Que pourrait-il faire d'autre ? Qu'est-il ici, en somme, sinon un invité ? On l'a reçu du mieux qu'on était capable de le faire. Ce soir encore, le dîner est un petit chef-d'œuvre de vieille cuisine provinciale.

Gentiment, avec beaucoup de formes, on lui fait comprendre, maintenant, que sa présence menace de faire du tort à ses hôtes.

Il y a un silence, comme il y en a eu un tout à l'heure après l'incident Alban. C'est Mme Naud qui essaie d'arranger les choses et elle le fait plus maladroitement que son mari.

— J'espère que vous allez quand même rester quelques jours avec nous ? Après le brouillard, le temps se mettra sans doute à la gelée et vous pourrez faire quelques promenades avec mon mari… N'est-ce pas, Étienne ?

Quel soulagement pour tous si Maigret répondait,

comme on s'attend à ce qu'il le fasse, en homme bien élevé :

— Je resterais avec joie, car j'apprécie votre hospitalité. Hélas, les devoirs de mon état m'appellent à Paris. Je passerai peut-être par ici à l'époque des vacances… En attendant, croyez que je garderai le meilleur souvenir de…

Il n'en fait rien. Il mange. Il se tait. Il se traite mentalement de brute. Ces gens n'ont usé à son égard que de bons procédés. Peut-être ont-ils la mort d'Albert Retailleau sur la conscience ? Mais le jeune homme ne leur avait-il pas volé l'honneur de leur fille, comme on dit dans leur milieu ? Et Mme Retailleau, la mère, a-t-elle réclamé ? N'est-elle pas la première, au contraire, à trouver que tout est pour le mieux dans le meilleur des mondes ?

Ils sont trois ou quatre, davantage peut-être, à s'efforcer de garder leur secret, à le défendre désespérément, et la seule présence de Maigret doit être pour Mme Naud, par exemple, une souffrance intolérable. Quand il est resté seul un quart d'heure avec elle, tout à l'heure, n'a-t-elle pas été sur le point, à la fin, de crier d'angoisse ?

C'était si facile ! Il s'en allait le lendemain matin, accompagné par les bénédictions de toute la famille et, à Paris, le juge d'instruction Bréjon le remerciait les larmes aux yeux !

Si Maigret ne le faisait pas, était-il donc mû par la seule passion de la justice ? Il n'aurait pas osé le soutenir devant quelqu'un, les yeux dans les yeux. Il y avait Cavre. Il y avait les échecs successifs que l'inspecteur Cadavre lui avait infligés depuis la veille au soir sans seulement faire à son ancien patron l'aumône d'un regard. Il allait et venait comme si Maigret n'eût pas existé, ou comme si c'eût été un adversaire sans danger.

À son passage, comme par enchantement, les témoignages fondaient, les témoins ne se souvenaient de rien, ou se taisaient, les pièces à conviction, comme la casquette, disparaissaient.

C'était enfin, après tant d'années, le triomphe du malchanceux, du malfoutu, de l'envieux !

— À quoi pensez-vous, commissaire ?

Il sursauta :

— À rien... Je vous demande pardon... J'ai parfois de ces absences...

Il s'était servi sans le savoir, une pleine assiette dont maintenant il avait honte et, pour le mettre à l'aise, Mme Naud murmurait :

— Rien ne fait plus plaisir à une maîtresse de maison, que de voir qu'on apprécie sa cuisine. Qu'Alban mange comme un ogre, cela ne compte pas, car il mangerait n'importe quoi. Tout lui est bon. Ce n'est pas un gourmet. C'est un goinfre.

Elle plaisantait ; néanmoins, il restait de la rancune dans sa voix et dans son regard.

Quant à Étienne Naud, que quelques verres de vin avaient coloré davantage, il risquait enfin, en jouant avec son couteau :

— Et vous, commissaire, maintenant que vous avez pu voir un peu le pays et interroger les gens, qu'en pensez-vous ?

— Il a fait la connaissance du jeune Fillou... l'avertit sa femme, comme d'un danger.

Et Maigret, que chacun épiait, de laisser tomber en détachant les syllabes :

— Je pense qu'Albert Retailleau n'a pas eu de chance…

Cela ne voulait rien dire, et cependant Geneviève pâlit, fut tellement frappée par cette petite phrase de rien du tout, qu'un instant on put croire qu'elle allait se lever et sortir. Naud, lui, essayait de comprendre. Alban ricanait :

— Voilà, ce me semble, une phrase digne des oracles de l'Antiquité. Si, par miracle, je n'avais retrouvé la preuve que je dormais paisiblement, cette nuit-là, dans une chambre de l'*Hôtel de l'Europe*, à quatre-vingts kilomètres d'ici, je ne serais pas tranquille…

— Vous ignorez donc, lui lança Maigret, que dans le monde de la police, un dicton prétend qu'un individu est d'autant plus suspect, qu'il possède le meilleur alibi ?

L'autre s'énerva, prenant la plaisanterie au sérieux.

— Il faudra dans ce cas, que vous soupçonniez aussi le chef de cabinet du préfet de complicité, car il a passé la soirée avec moi. C'est un de mes camarades d'enfance, et nous nous retrouvons de temps en temps pour une soirée qui finit presque toujours à deux ou trois heures du matin…

Qu'est-ce qui décida Maigret à pousser la farce jusqu'au bout ? Est-ce la lâcheté évidente du faux aristocrate qui l'excitait ? Il tira de sa poche son gros calepin à élastique, célèbre à la P.J., et il questionna le plus sérieusement du monde :

— Vous l'appelez ?

— Vraiment ? Vous voulez ?... À votre aise...
Musellier... Pierre Musellier... Il est resté garçon...
Il a son appartement place Napoléon, au-dessus des
garages Murs... C'est à cinquante mètres de l'*Hôtel
de l'Europe*...

— Si nous allions prendre le café dans le salon ?
proposa Mme Naud. Tu serviras le café, Geneviève ?
Tu n'es pas trop fatiguée ? Il me semble que tu es
pâle. Tu ferais peut-être mieux d'aller te coucher ?

— Non.

Elle n'était pas fatiguée. Elle était tendue. On eût
dit qu'elle avait des comptes à régler avec Alban,
qu'elle ne quittait pas des yeux.

— Vous êtes revenu dès le lendemain à Saint-
Aubin ? questionnait Maigret, le crayon à la main.

— Dès le lendemain, oui. J'ai profité de la voiture
d'un ami jusque Fontenay-le-Comte. Là, j'ai déjeuné
chez des amis et, en les quittant, j'ai par hasard rencontré Étienne qui m'a ramené...

— En somme, vous allez d'ami en ami...

Il ne pouvait pas dire plus clairement que l'autre
était un pique-assiette, ce qui était la vérité, et tout le
monde le comprit si bien que Geneviève rougit et
détourna le regard.

— Vous n'acceptez toujours pas un de mes
cigares, commissaire ?

— Puis-je savoir si mon interrogatoire est terminé ?... Dans ce cas, je me permettrais de disposer...
J'ai envie de rentrer de bonne heure, ce soir...

— Cela tombe à merveille. J'ai envie, de mon
côté, de faire un tour jusqu'au pays... Si cela ne vous
dérange pas, nous ferons route ensemble...

— Je suis à vélo…

— Qu'à cela ne tienne… Un vélo se pousse à la main, n'est-ce pas ?… Sans compter qu'avec le brouillard qui règne, vous risqueriez de rouler dans le canal…

Que se passait-il ? D'une part, quand Maigret avait parlé de partir avec Alban Groult-Cotelle, Étienne Naud avait froncé les sourcils et il avait paru sur le point de les accompagner.

Jugeait-il qu'Alban, trop nerveux ce soir-là, risquait de se laisser arracher des aveux ? Il lui avait lancé un regard insistant, qui signifiait de toute évidence :

— Surtout, attention ! Vous voyez dans quel état vous êtes. Il est plus fort que vous…

Presque pareil, en plus dur, en plus méprisant, était le regard de la jeune fille :

— Essayez au moins de bien vous tenir !

Mme Naud ne regardait personne. Elle était lasse. Elle ne comprenait plus. Elle ne résisterait pas longtemps à une telle tension nerveuse.

Mais le plus curieux, c'était Alban lui-même, qui ne se décidait pas à partir, qui tournait autour du salon avec, eût-on dit, l'arrière-pensée de parler en particulier à Naud.

— Vous ne m'aviez pas demandé de passer à votre bureau pour cette histoire d'assurance ?

— Quelle assurance ? dit étourdiment l'interpellé.

— Peu importe. Nous en parlerons demain.

Que voulait-il lui communiquer de si important ?

— Vous venez, cher monsieur ? insistait le commissaire.

— Vous ne désirez vraiment pas que je vous conduise en voiture ? Si vous voulez disposer de l'auto et conduire vous-même…

— Merci… Nous allons bavarder gentiment en marchant…

Le brouillard les happa. Alban tenait son vélo d'une main et marchait vite, obligé de s'arrêter sans cesse, car Maigret ne se décidait pas à hâter le pas.

— De bien braves gens !… Une famille si unie !… Par exemple, la vie doit être parfois monotone pour une jeune fille… Elle a beaucoup d'amies ?

— Je ne lui en connais pas ici… À part ses cousines, qui viennent à la belle saison ou chez qui elle va parfois passer une semaine…

— Je suppose qu'elle se rend aussi à Paris chez les Bréjon ?

— Elle y est justement allée cet hiver…

Maigret parla d'autre chose, l'air bon enfant. Les deux hommes se voyaient à peine dans le nuage blanchâtre et glacé qui les entourait. La lampe électrique de la gare avait l'air d'un phare et on devinait plus loin deux autres lumières qui auraient pu être des bateaux en plein large.

— En somme, à part quelques séjours à La Roche-sur-Yon, vous ne quittez guère Saint-Aubin ?

— Je vais parfois à Nantes, où j'ai des amis, à Bordeaux, où ma cousine de Chièvre est mariée à un armateur…

— À Paris ?

— J'y étais il y a un mois…

— En même temps que Mlle Naud ?

— C'est possible. Je n'en sais rien…

Ils passaient devant les deux cafés qui se faisaient face et Maigret, s'arrêtant, proposa :

— Si nous allions boire un verre au *Lion d'Or* ? Je serais curieux de voir mon ex-collègue Cadavre. Tout à l'heure j'ai aperçu à la gare un petit bonhomme qui débarquait et je flaire en lui un collaborateur qu'on a appelé à la rescousse.

— Je vous laisse… dit vivement Alban.

— Pas du tout. Si vous ne venez pas avec moi, je vous accompagne. Cela ne vous ennuie pas, au moins ?

— J'ai hâte de me coucher. Je ne vous cacherai pas que je suis sujet à de douloureuses névralgies et que j'ai justement une crise en ce moment…

— Raison de plus pour vous accompagner jusqu'à votre seuil. Votre servante couche dans la maison ?

— Bien entendu.

— Je connais des gens qui n'aiment pas avoir leur domestique sous leur toit pendant la nuit… Tiens ! Il y a de la lumière…

— C'est la bonne…

— Elle se tient dans le salon ?… C'est vrai que la pièce est chauffée… En votre absence, elle doit faire de petits travaux de couture ?

Ils s'étaient arrêtés sur le seuil et Alban, au lieu de frapper, cherchait sa clef dans sa poche.

— À demain, commissaire ! Nous nous verrons sans doute chez mes amis Naud…

— Dites-moi…

L'autre se gardait bien de pousser la porte, par

crainte de voir Maigret prendre ce geste pour une invitation.

— C'est idiot... Excusez-moi... Figurez-vous que j'ai un besoin pressant et que, puisque nous voici chez vous... Entre hommes, on peut, n'est-ce pas, se permettre...

— Entrez... Je vais vous montrer le chemin...

Le corridor n'était pas éclairé, mais la porte du salon, à gauche, était entrouverte et projetait un rectangle de lumière. Alban voulait entraîner Maigret vers le fond du corridor, mais le commissaire, d'un geste comme machinal, poussa tout à fait la porte, s'arrêta en s'écriant :

— Par exemple ! Mon vieux camarade Cavre !... Qu'est-ce que vous faites ici, pauvre ami ?

L'ex-inspecteur s'était levé, blafard à son habitude, le visage renfrogné, foudroyant du regard Groult-Cotelle qu'il rendait responsable de cet incident.

Alban, lui, perdait pied, cherchait une explication, n'en trouvait pas, questionnait :

— Où est la bonne ?

Ce fut le surnommé Cadavre qui reprit le premier son sang-froid et prononça en s'inclinant :

— M. Groult-Cotelle, je pense ?

L'autre ne comprit pas tout de suite le jeu.

— Je m'excuse de vous déranger à pareille heure. J'avais deux mots à vous dire. La personne qui m'a ouvert m'ayant annoncé que vous ne tarderiez pas à rentrer...

— Ça va ! grogna Maigret.

— Hein ? sursauta Alban.

— Je dis : ça va !

— Que voulez-vous insinuer ?

— Je n'insinue rien. Où est-elle, Cavre, cette servante qui vous a introduit ici ? Il n'y a pas d'autre lumière dans la maison. Autrement dit, elle était couchée.

— Elle m'a dit…

— Encore une fois, ça va ! Pas de boniment ! Vous pouvez vous rasseoir, Cavre. Tiens ! Vous vous êtes mis à votre aise. Vous avez retiré votre pardessus, laissé votre chapeau au portemanteau. Qu'est-ce que vous étiez occupé à lire ?

Ses yeux s'écarquillèrent quand il prit le livre posé près de Cavre.

— *Voluptés perverses !* Voyez-vous ça ! Et c'est ici, dans la bibliothèque de notre ami Groult, que vous avez trouvé ce charmant bouquin… Dites-moi, messieurs, pourquoi restez-vous debout ?… C'est ma présence qui vous gêne ?… N'oubliez pas vos névralgies, monsieur Groult… Vous devriez prendre un cachet d'aspirine…

Alban gardait malgré tout assez de présence d'esprit pour riposter :

— Je croyais que vous aviez un besoin urgent ?

— Figurez-vous qu'il est passé… Alors, mon cher Cavre, cette enquête ?… Dites donc, entre nous, vous avez dû tirer une sale tête quand vous vous êtes aperçu que j'étais dans le coup ?

— Ah ! Vous êtes dans un coup ? Quel coup ?

— Ainsi, c'est Groult-Cotelle qui a fait appel à vos talents, que je suis loin, entre parenthèses, de sous-estimer ?

— Je n'avais jamais entendu parler de M. Groult-Cotelle avant ce matin.

— C'est donc Étienne Naud qui vous a parlé de lui quand vous vous êtes rencontrés à Fontenay-le-Comte ?

— Lorsque vous déciderez de me faire subir un interrogatoire, monsieur le commissaire, je serai prêt à vous répondre en présence de mon avocat.

— Par exemple, si vous étiez accusé d'un vol de casquette ?

— Par exemple, oui.

Il régnait dans le salon une lumière grise, car l'ampoule électrique, trop faible pour la grandeur de la pièce, était mate de poussière.

— Vous permettrez peut-être que je vous offre quelque chose ?

— Pourquoi pas ? répondit Maigret. Puisque le hasard nous a réunis… À propos, Cavre, c'est un de vos hommes que j'ai aperçu tout à l'heure à la gare ?

— C'est un de mes employés, en effet.

— Renfort ?

— Si vous voulez.

— Vous aviez des affaires importantes à régler ce soir avec M. Groult-Cotelle ?

— Je désirais lui poser quelques questions.

— Si c'est au sujet de son alibi, vous pouvez être tranquille. Il a tout prévu. Il a même gardé sa note de l'*Hôtel de l'Europe*.

Cependant Cavre ne se laissait pas démonter. Il s'était assis à sa place, avait croisé les jambes, posé dessus sa serviette de maroquin et il attendit, sûr, eût-on dit, d'avoir le dernier mot. Groult, qui avait rempli trois verres d'armagnac, lui en tendit un qu'il refusa.

— Merci. Je ne bois que de l'eau.

On l'avait assez plaisanté là-dessus, à la P.J., et c'était involontairement cruel, car ce n'était pas par goût que Cadavre était sobre, mais parce qu'il souffrait d'une grave maladie de foie.

— Et vous, commissaire ?

— Volontiers !

Ils se turent. Ils avaient l'air de jouer tous les trois à un étrange jeu, par exemple à celui qui se tairait le plus longtemps en gardant sa rigidité. Alban avait vidé son verre d'un trait et s'en était versé un second. Seul, il était resté debout et remettait parfois en place un des livres de la bibliothèque qui dépassait de l'alignement.

— Savez-vous, monsieur, lui dit enfin Cavre d'une voix calme, avec un calme glacé, que vous êtes chez vous ?

— Que voulez-vous dire ?

— Que vous êtes maître de recevoir qui bon vous semble. J'aurais désiré m'entretenir avec vous en dehors de la présence du commissaire. Si vous préférez la compagnie de celui-ci à la mienne, je suis prêt à me retirer et à prendre un autre rendez-vous.

— En bref, l'inspecteur vous demande poliment de bien vouloir mettre un de nous deux à la porte.

— Je ne comprends pas, messieurs, à quoi rime cette discussion ? Car, en somme, je n'ai rien à voir dans cette affaire. J'étais à La Roche, vous le savez, quand ce garçon est mort. Certes, je suis l'ami des Naud. J'ai beaucoup fréquenté chez eux. Dans un petit pays comme le nôtre, on n'a pas le choix de ses relations.

— Attention à saint Pierre !

— Que voulez-vous dire ?

— Que, si cela continue, vous aurez renié trois fois vos amis Naud avant que le soleil se lève, pour autant que le brouillard lui permette de se lever.

— Vous avez beau jeu de plaisanter. Ma situation n'en est pas moins délicate. Je suis reçu chez les Naud. Étienne est mon ami, vous voyez que je ne le nie pas. Que s'est-il passé chez eux ? je n'en sais rien et ne veux pas le savoir. Ce n'est donc pas moi qu'il faut interroger à ce sujet.

— On pourrait peut-être interroger plus utilement Mlle Naud, n'est-ce pas ? À propos, je ne sais si vous avez remarqué que, ce soir, elle vous regardait d'une façon peu tendre. J'ai eu l'impression fort nette qu'elle avait une dent contre vous.

— Contre moi ?

— En particulier lorsque vous avez tenté si élégamment, en me tendant votre note d'hôtel, de tirer votre épingle du jeu. Elle n'a pas trouvé ça joli, joli. Et même, si j'étais vous, je me méfierais de sa vengeance…

L'autre rit jaune.

— Vous plaisantez. Geneviève est une charmante enfant qui…

Qu'est-ce qui poussa Maigret à jouer soudain le tout pour le tout ?

— … qui est enceinte de trois mois, laissa-t-il tomber en avançant son visage vers son interlocuteur.

— Qu'est-ce que… qu'est-ce que vous dites ?

Quant à Cavre, il était stupéfait et, pour la première fois ce jour-là, il perdit un peu de son assurance, regarda son ancien chef avec une involontaire admiration.

— Vous l'ignoriez, monsieur Groult ?

— Que voulez-vous insinuer ?

— Rien… Je cherche… Vous souhaitez la vérité vous aussi, n'est-il pas vrai ?… Donc, nous cherchons ensemble… Cavre a déjà mis la main sur la casquette qui porte des taches de sang et qui suffit à prouver le crime… Où est-elle, cette casquette, Cavre ?

Celui-ci, sans répondre, s'enfonça davantage dans son fauteuil.

— J'aime mieux vous prévenir que, si vous l'avez détruite, cela vous coûtera cher… Et maintenant, je sens que je vous gêne… Je vous laisse donc tous les deux… Je suppose, monsieur Groult, que je vous verrai demain à déjeuner chez vos amis Naud ?…

Il sortit. Dehors, tout près de la porte, et quand celle-ci se fut refermée violemment, il aperçut une mince silhouette.

— C'est vous, monsieur le commissaire ?

C'était le jeune Louis. Sans doute, embusqué derrière les vitres des *Trois Mules*, avait-il vu passer les deux ombres de Maigret et d'Alban. Il les avait suivies.

— Vous savez ce qu'ils disent, ce que tout le monde répète dans tout le bourg ?

Sa voix frémissait d'angoisse et d'indignation.

— On prétend qu'*ils* vous ont eu et que vous partez demain par le train de trois heures…

Cela avait bien failli être vrai.

## 7
### *La vieille demoiselle de la poste*

Sans doute Maigret était-il dans un de ces moments où la sensibilité est multipliée par un coefficient important ? Il venait à peine de quitter le seuil de Groult-Cotelle. Il avait fait quelques pas dans l'obscurité, dans le brouillard qui collait à la peau comme une compresse de glace. Le jeune Louis marchait à son côté quand, soudain, le commissaire s'arrêta.

— Qu'est-ce que vous avez, monsieur le commissaire ?

Une pensée venait de frapper Maigret, qui cherchait à en suivre le fil. Il restait attentif aux voix qui lui parvenaient, confuses, mais criardes, à travers les volets de la maison. En même temps, il comprenait pourquoi l'adolescent s'alarmait : c'est que Maigret s'était arrêté net, au milieu du trottoir, sans raison apparente, comme certains cardiaques qu'une crise immobilise n'importe où.

Cela n'avait aucun rapport avec ses préoccupations présentes. C'était sans intérêt. Pourtant, il prit la peine de noter dans sa mémoire :

— Tiens ! Il y a donc un cardiaque à Saint-Aubin…

Il devait apprendre plus tard, en effet, que l'ancien

médecin était mort d'une angine de poitrine et que, pendant des années, on l'avait vu s'arrêter de la sorte en pleine rue, figé, une main sur le cœur.

À l'intérieur, on se disputait ou, en tout cas, les éclats de voix en donnaient l'impression. Pourtant, Maigret n'écoutait pas. Louis le Grêlé, qui croyait avoir découvert la cause de son immobilité, tendait consciencieusement l'oreille. Plus les voix étaient fortes, et moins il était possible de distinguer les mots. Cela donnait exactement l'impression d'un disque qu'on fait tourner après avoir pratiqué un second trou pour le décentrer, et qui hurle des sons inintelligibles.

Ce n'était pas à cause de cette scène qui se jouait, dans la maison, entre l'inspecteur Cadavre et Alban Groult-Cotelle, que Maigret s'arrêtait de la sorte et semblait regarder dans le vague.

Au moment de franchir le seuil, une idée l'avait frappé. Pas même une idée. C'était plus vague, si vague qu'il s'efforçait maintenant de retrouver cette impression. Parfois un incident insignifiant, une odeur à peine perçue le plus souvent, nous rappelle, l'espace d'un éclair, un moment de notre vie. C'est si aigu que nous sommes saisis, que nous voudrions nous raccrocher à ce souvenir vivant et, l'instant d'après, il ne nous en reste rien, nous ne sommes plus capables de dire à quoi nous venons de penser. Nous cherchons en vain et nous finissons par nous demander, faute de trouver réponse à nos questions, si ce n'était pas une réminiscence de rêve ou, qui sait, de quelque vie antérieure ?

C'était juste au moment où la porte se refermait. Il

avait conscience de laisser derrière lui les deux compères embarrassés et furieux. Il existait un point commun entre les deux hommes que le destin réunissait cette nuit-là. Cela ne s'expliquait pas avec la raison. Cavre ne faisait pas penser à un célibataire, mais à un mari bafoué, honteux et douloureux. Il suait l'envie, et celle-ci donne souvent les mêmes allures équivoques que certains vices cachés.

Au fond, Maigret ne lui en voulait pas. Il le plaignait. Il s'acharnait sur lui, il était décidé à en avoir raison, en même temps qu'il ressentait une certaine pitié pour cet homme qui n'était en somme qu'un raté.

Quel rapport entre Cavre et Alban ? Le rapport qui existe entre deux choses parfaitement différentes, mais toutes deux sordides. C'était presque une question de couleur. Chez tous les deux, il y avait du gris, du verdâtre, de la poussière morale et matérielle.

Cavre puait la haine. Alban Groult-Cotelle puait la frousse, la lâcheté. Toute sa vie était organisée sur la base de la lâcheté. Sa femme était partie. Elle avait emmené ses enfants. Il n'avait pas essayé de les rejoindre, de les ramener. Il n'avait sans doute pas souffert. Il s'était organisé égoïstement. Faute de fortune, il vivait dans le nid des autres, comme le coucou. Et, s'il arrivait malheur à ses amis, il s'empressait de les trahir.

Au fait, Maigret découvrait soudain le petit rien qui avait déclenché ces pensées : c'était le bouquin qu'il avait trouvé entre les mains de Cadavre quand ils étaient arrivés, un de ces livres salement érotiques, qu'on vend sous le manteau dans certaines arrière-boutiques du faubourg Saint-Martin…

L'un possédait de ces livres dans sa bibliothèque provinciale. L'autre mettait tout de suite la main, comme par hasard, sur l'un d'eux !

Mais il y avait eu autre chose, et c'était cette autre chose que le commissaire cherchait à retrouver. Un dixième de seconde, peut-être, il avait été comme illuminé par une vérité flagrante mais, le temps d'y penser, et l'idée avait fui, il ne restait qu'une impression vague. Voilà, au fond, pourquoi il restait immobile à la façon d'un cardiaque qui ruse avec son cœur.

Il rusait avec sa mémoire. Il espérait…

— Qu'est-ce que cette lumière ? questionnait-il pourtant.

Ils étaient plantés tous les deux dans le brouillard et, à une certaine distance, Maigret apercevait un gros halo de lumière blanche et diffuse. Il se raccrochait à cette chose matérielle pour donner à son intuition le temps de renaître. Il connaissait maintenant le bourg. Qu'y avait-il donc à la place de cette lumière, à peu près en face de chez Groult ?

— Ce n'est pas le bureau de poste ?

— C'est la fenêtre à côté, répondait Louis… La fenêtre de la receveuse. Elle a des insomnies. Elle lit des romans jusque tard dans la nuit. C'est toujours la dernière lumière de Saint-Aubin à s'éteindre…

Or, il demeurait attentif aux éclats de voix. Groult-Cotelle criait le plus fort, comme un homme qui ne veut à aucun prix entendre raison. La voix de Cavre était plus grave, plus impérieuse.

Pourquoi Maigret avait-il presque envie de traverser la rue et d'aller coller son visage à la vitre de la postière qui lisait dans sa cuisine? Intuition? L'instant d'après, il n'y pensait plus. Il savait que Louis l'observait avec inquiétude, avec impatience, se demandant ce qui pouvait se passer dans le cerveau de son grand homme.

Ce qu'il avait senti en franchissant le seuil?... Voyons... Il s'y mêlait la notion de Paris... C'était encore le livre, les boutiques du faubourg Saint-Martin où l'on vend ces sortes d'ouvrage qui lui avaient rappelé Paris... Groult-Cotelle y était allé... Geneviève Naud devait s'y trouver à la même époque...

Il revoyait le visage de celle-ci quand, laidement, Alban avait sorti son alibi.

Ce n'était pas seulement du mépris. Ce n'était pas non plus une jeune fille qu'il avait vue en ce moment, mais une femme, une...

Une amante, qui découvre soudain l'indignité de...

Voilà, c'était à ce point précis que l'éclair s'était produit, sitôt éteint, malheureusement. Il en restait le vague souvenir de quelque chose d'ignoble.

Oui, l'affaire était toute différente de ce que Maigret avait imaginé jusqu'ici. Il n'avait vu que des bourgeois, une famille de gros bourgeois indignés de découvrir un gamin sans fortune et sans situation dans le lit de leur fille.

Est-ce que Naud, sous le coup de la colère, avait tué? C'était possible. Il n'était pas loin de le plaindre, de plaindre surtout Mme Naud qui savait, qui s'efforçait de se taire, de dominer ses frayeurs et pour qui chaque minute passée en tête à tête avec le commissaire était un supplice effroyable.

Maintenant, Étienne Naud et sa femme passaient au second plan.

Comment enchaîner ces pensées ? Cet Alban poussiéreux et déplumé avait un alibi. Était-ce vraiment un hasard ? Était-ce hasard aussi qu'il soit tombé soudain sur la note de l'*Hôtel de l'Europe* ?

Sans doute y était-il vraiment allé. C'était à vérifier, mais la conviction du commissaire était faite.

Mais pourquoi s'était-il rendu, ce soir-là précisément, à La Roche-sur-Yon ? Est-ce que le chef de cabinet du préfet l'attendait ?

— À vérifier ! grogna Maigret.

Il regardait toujours la lumière trouble de la poste ; il tenait toujours d'une main sa blague à tabac et de l'autre sa pipe, qu'il ne songeait pas à bourrer.

Albert Retailleau était furieux…

Qui lui avait dit ça ? Son compagnon, justement, le petit Louis, l'ami du mort.

— Il était vraiment furieux ? questionna soudain le commissaire.

— Qui ?…

— Ton ami Albert… Tu m'as dit que, quand il t'avait quitté, le dernier soir…

— Il était très surexcité. Avant d'aller à son rendez-vous, il a bu plusieurs verres d'alcool…

— Il n'a rien dit ?

— Attendez… « Qu'il ne ferait sans doute pas long feu dans notre sale pays… »

— Depuis combien de temps était-il l'amant de Mlle Naud ?

— Je ne sais pas… Attendez… À la Saint-Jean, il ne l'était pas encore… Cela a dû commencer vers le mois d'octobre…

— Il n'en était pas amoureux avant ?

— En tout cas, il ne lui parlait pas…

— Chut…

Maigret ne bougeait plus, tendait l'oreille. Les voix s'étaient tues. À la place, on entendait un bruit qui frappait le commissaire.

— Le téléphone ! dit-il.

Il avait reconnu le son caractéristique des téléphones de campagne, où l'on doit tourner une manivelle pour appeler la postière.

— Cours regarder par la fenêtre de la receveuse… Tu iras plus vite que moi…

Il ne s'était pas trompé. Une seconde fenêtre s'éclairait à côté de la première. La receveuse était passée dans le bureau de poste dont une porte entrouverte la séparait.

Maigret prenait son temps. Il lui répugnait de courir. Chose étrange, c'était la présence du jeune Louis qui le gênait. Il voulait, devant ce gamin, garder une certaine dignité. Il bourrait enfin sa pipe, l'allumait, traversait lentement la rue.

— Eh bien ?

— Je savais bien qu'elle écouterait, fit le Grêlé à voix basse. La vieille chipie écoute toujours. Une fois, le docteur s'en est même plaint à La Roche, mais elle continue…

On la voyait, petite, vêtue de noir, le poil noir, le visage sans âge. Elle tenait un écouteur à la main, la fiche d'écoute dans l'autre. À cet instant, la communication devait prendre fin, car elle changeait les fiches de place, se dirigeait vers le commutateur électrique.

— Tu crois qu'elle nous ouvrirait ?

— Si vous frappez à la petite porte de derrière. Venez par ici. Nous entrerons par la cour...

Ils pataugèrent un moment dans le noir absolu, se faufilèrent entre des baquets remplis de linge. Un chat bondit d'une poubelle.

— Mademoiselle Rinquet !... appela le gamin. Ouvrez un instant...

— Qu'est-ce que c'est ?

— C'est moi, Louis... Ouvrez un instant, s'il vous plaît...

Elle tira le verrou, Maigret se hâta de franchir le seuil, par crainte de voir la porte se refermer.

— N'ayez pas peur, mademoiselle...

Il était trop grand et trop large pour la minuscule cuisine à la mesure de la minuscule postière qu'entouraient des bibelots en porcelaine tendre ou en verre filé achetés sur les champs de foire et des napperons brodés.

— Groult-Cotelle vient de donner un coup de téléphone.

— Comment le savez-vous ?

— Il a téléphoné à son ami Naud... Vous avez écouté la conversation.

Prise en faute, elle se défendait maladroitement.

— Mais, monsieur, le bureau est fermé. Après neuf heures, je ne devrais plus donner de communications... Je le fais parce que je suis là et que j'aime rendre service...

— Qu'est-ce qu'il a dit ?

— Qui ?

— Voyez-vous, si vous ne me répondez pas de bonne grâce, je serai obligé de venir demain, officiellement cette fois, et de rédiger un procès-verbal qui suivra la voie administrative. Qu'est-ce qu'il a dit ?

— Ils étaient deux à parler.

— En même temps ?

— Presque. Parfois, ils parlaient ensemble. C'était à qui parlerait plus fort que l'autre, au point que je n'y comprenais plus rien… Ils devaient avoir chacun un écouteur et se bousculer devant l'appareil.

— Qu'est-ce qu'ils disaient ?

— M. Groult a dit d'abord :

» — Écoutez, Étienne, cela ne peut pas durer. Le commissaire sort d'ici. Il est tombé nez à nez avec votre homme. Je suis sûr qu'il est au courant de tout et, si vous continuez à…

— Eh bien ? fit Maigret.

— Attendez… L'autre est intervenu.

» — Allô… Monsieur Naud ?… Cavre, ici… Il est évidemment dommage que vous n'ayez pas trouvé moyen de le retenir et de l'empêcher de me trouver ici, mais…

» — Mais c'est moi que cela compromet, a hurlé M. Groult. J'en ai assez, vous entendez, Étienne ? Tirez votre plan ! Téléphonez à votre idiot de beau-frère qui n'en fait jamais d'autres. Il est en quelque sorte le supérieur de ce policier de malheur. Puisqu'il l'a envoyé ici, qu'il s'arrange pour le rappeler à

Paris… Moi, je vous préviens que, si vous me remettez en sa présence, je…

» — Allô ! Allô !… lançait, affolé, M. Étienne, à l'autre bout du fil. Vous êtes encore là, monsieur Cavre ?… Alban me fait peur… Est-ce que vraiment…

» — Allô !… C'est Cavre, ici… Mais taisez-vous donc, monsieur Groult… Laissez-moi dire deux mots… Ne me poussez pas… C'est vous, monsieur Naud ?… Oui… Eh bien ! il n'y aurait aucun danger si la frayeur de votre ami Groult-Cotelle ne nous… Comment ?… Si vous devez téléphoner à votre beau-frère ?… Ma foi, tout à l'heure encore, je vous l'aurais déconseillé… Non, à moi, il ne me fait pas peur…

La postière, qui prenait goût à cette reconstitution, précisa en désignant Maigret :

— C'est de vous qu'il s'agissait, n'est-ce pas ?… Donc, il a dit que vous ne lui faisiez pas peur, mais qu'à cause de Groult-Cotelle, qui était capable de toutes les imprudences… Chut…

La sonnerie retentissait dans le bureau. La petite bonne femme se précipita, alluma.

— Allô !… Comment ?… Galvani 17-98 ?… Je ne sais pas… Non, à cette heure-ci, il ne doit pas y avoir d'attente… Je vais vous rappeler…

Maigret avait reconnu le numéro, qui était celui du domicile particulier de Bréjon.

Il regarda l'heure à sa montre. Il était onze heures moins dix. À moins qu'il soit allé au cinéma ou au théâtre en famille, le juge d'instruction devait être couché, car tout le monde savait au Palais qu'il était debout dès six heures du matin et que c'était à l'aube qu'il étudiait ses dossiers.

Les fiches changeaient de trou.

— C'est vous, Niort ?... Voulez-vous me donner Galvani 17-98 ?... La ligne 3 est libre ? Donnez-la-moi, voulez-vous... La 2, tout à l'heure, était mauvaise... Ça va, vous ?... Vous êtes de service toute la nuit ?... Comment ?... Non, vous savez bien que je ne me couche jamais avant une heure du matin... Oui, ici aussi... On ne voit pas à deux mètres devant soi... Cela va faire du verglas pour demain matin... Allô ! Paris ?... Paris ?... Allô ! Paris ?... Galvani 17-98 ?... Mais répondez, ma petite... Parlez plus distinctement... Donnez-moi Galvani 17-98... Comment ?... Vous le sonnez ?... Je n'entends rien... Continuez à sonner... C'est urgent... Mais si, il y a quelqu'un...

Elle se retourna, effrayée, car le massif Maigret était tout contre elle, une main tendue, prêt à saisir l'écouteur au moment opportun.

— Monsieur Naud ?... Allô !... Monsieur Naud ?... Oui, je vous donne Galvani... Une seconde, on le sonne... Ne quittez pas l'appareil... Galvani 17-98 ? Ici, Saint-Aubin... Je vous passe le 3... Parlez, le 3...

Elle n'osa pas résister au commissaire qui lui prenait d'autorité le casque des mains et qui le posait sur sa tête. Elle planta délibérément la fiche d'écoute.

— Allô ! C'est toi, Victor ?... Comment ?

Il y avait de la friture sur la ligne et Maigret eut l'impression que le juge d'instruction recevait la communication dans son lit. Il l'entendit répéter peu après, quand son beau-frère eut dit son nom :

— C'est Étienne…

Sans doute parlait-il à sa femme couchée à côté de lui ?

— Comment ?… Il y a du nouveau ?… Non ?… Oui ?… Tu cries trop fort… Cela fait vibrer l'appareil…

Car Étienne Naud était de ces hommes qui hurlent au téléphone comme s'ils craignaient toujours de n'être pas entendus.

— Allô !… Écoute, Victor… Il n'y a pas de nouveau à proprement parler, non… Comprends-moi bien… D'ailleurs, je t'écrirai… Peut-être irai-je dans deux ou trois jours te voir à Paris…

— Parle plus lentement… Recule un peu, Marthe…

— Qu'est-ce que tu dis ?

— Je dis à Marthe de reculer… Alors ?… Que se passe-t-il ? Le commissaire est bien arrivé ?… Qu'est-ce que tu en penses ?

— Oui… Peu importe… C'est justement à propos de lui que je te téléphone…

— Il ne veut pas s'occuper de ton affaire ?

— Si… Il s'en occupe trop… Écoute, Victor, il faut absolument que tu trouves le moyen de le faire rentrer à Paris… Non, je ne peux rien te dire maintenant… Comme je connais la postière…

Maigret sourit en regardant la petite receveuse qui bouillait de curiosité.

— Tu trouveras bien le moyen… Comment ?

C'est difficile ?... Cela doit pourtant être possible...
Je t'assure que c'est indispensable...

Il n'était pas difficile d'imaginer le juge d'instruction qui, le front soucieux, commençait à nourrir des soupçons à l'égard de son beau-frère.

— Ce n'est pas ce que tu peux penser... Mais il va et vient, parle à tout le monde, fait plus de mal que de bien... Tu comprends ?... Si cela continue, tout le pays sera en effervescence et ma position deviendra intenable...

— Je ne sais pas comment faire...

— Tu n'es pas bien avec son patron ?

— Si... Évidemment, je pourrais demander au directeur de la P.J.... C'est délicat... Le commissaire l'apprendra tôt ou tard. Il n'a accepté d'aller là-bas que pour me rendre service... Tu comprends ?

— Oui ou non, veux-tu que ta nièce, qui est ta filleule, je te le rappelle, ait des ennuis ?...

— Tu crois que c'est si grave ?

— Puisque je te dis que...

Étienne Naud, on le sentait, trépignait d'impatience. La panique d'Alban s'était communiquée à lui, et le fait que Cavre ne lui déconseillait pas de demander le rappel de Maigret n'était pas pour le rassurer.

— Tu ne veux pas me passer ma sœur ?

— Ta sœur est couchée... Je suis seul en bas...

— Que dit Geneviève ?

Le juge hésitait évidemment, se raccrochait à de petites phrases banales.

— Il pleut chez vous aussi ?

— Je n'en sais rien ! hurla Naud. Je m'en fous !

Tu entends ? Ce qu'il faut, c'est que tu fasses partir sans faute ton commissaire de malheur…

— Qu'est-ce que tu as ?

— Ce que j'ai ? Ce que j'ai ? C'est que, si cela continue, on ne pourra plus tenir ici. Il fourre son nez partout. Il ne dit pas un mot. Il… il…

— Calme-toi. Je vais essayer.

— Quand ?

— Demain matin… Je verrai le directeur de la P.J. à l'ouverture des bureaux, mais je t'avoue que c'est une démarche qui ne me plaît guère. C'est la première fois de ma carrière que…

— Tu le feras, n'est-ce pas ?

— Puisque je te le dis…

— Le télégramme arrivera sans doute vers midi… Il pourra prendre le train de trois heures… Veille à ce que le télégramme arrive à temps…

— Louise va bien ?

— Elle va bien, oui… Bonsoir… N'oublie pas… Je t'expliquerai… Surtout, ne va pas te faire des idées… Bonsoir à ta femme…

La postière comprit au visage de Maigret que la conversation était terminée et elle reprit son casque, changea encore une fois les fiches de place.

— Allô !… Terminé ?… Allô, Paris… Combien de communications ?… Deux ?… Merci… Bonsoir, mon petit…

Et, au commissaire qui remettait son chapeau sur sa tête, puis rallumait sa pipe :

— C'est suffisant pour me faire révoquer… Ainsi, vous croyez que c'est vrai ?

— Quoi ?

— Ce qu'on raconte… Je ne peux pas me faire à l'idée qu'un homme comme M. Étienne, qui a tout ce qu'il faut pour être heureux…

— Bonsoir, mademoiselle. Ne craignez rien. Je saurai être discret…

— Qu'est-ce qu'ils ont raconté ?

— Rien d'intéressant. Des histoires de famille…

— Vous retournez à Paris ?

— Peut-être… Mon Dieu, oui… Il y a des chances que je reprenne le train demain après-midi…

Il était sans fièvre, maintenant. Il se sentait pleinement lui-même. Il s'étonna presque de retrouver le gamin qui l'attendait dans la cuisine, et celui-ci s'étonna, de son côté, de voir un Maigret différent de celui qu'il connaissait, un Maigret qui ne faisait presque pas attention à lui, qui le traitait avec désinvolture — qui sait, peut-être avec mépris ? pensa le jeune homme qui en fut blessé.

Ils étaient dans le noir, ils retrouvaient le brouillard et les rares lumières éparses dans un univers ridiculement étriqué.

— C'est lui, n'est-ce pas ?

— Qui ?… Quoi ?

— Naud… C'est lui qui a tué Albert…

— Je n'en sais rien, mon petit… Cela…

Maigret s'arrêta à temps. Il allait dire :

— Cela n'a pas d'importance…

C'était sa pensée, ou plus exactement son sentiment. Mais il se rendait compte que le jeune homme sursauterait à une pareille affirmation.

— Qu'est-ce qu'il a dit ?

— Rien de passionnant... À propos de Groult-Cotelle...

Ils marchaient vers les deux hôtels encore éclairés et d'un côté des silhouettes se profilaient en ombre chinoise sur les vitres.

— Eh bien?

— Il a toujours été l'intime des Naud?

— Attendez... Pas toujours, non... Moi, j'étais petit, vous comprenez?... La maison appartient depuis longtemps à sa famille, mais quand j'étais gosse et que nous allions jouer sur le seuil, elle était inhabitée... Je m'en souviens car plusieurs fois nous sommes entrés dans la cave par un soupirail qui ne fermait pas... M. Groult-Cotelle vivait alors chez des parents qui, je crois, ont un château en Bretagne... Quand il est revenu, il était marié... Il faudrait vous renseigner auprès de personnes plus âgées que moi... Je devais avoir six ou sept ans... Je me rappelle que sa femme avait une jolie petite auto jaune qu'elle conduisait elle-même et qu'elle allait souvent se promener seule...

— Le ménage voyait les Naud?

— Non... Sûrement pas... Je dis ça parce que je me souviens que M. Groult était toujours fourré chez l'ancien docteur, qui était veuf... Je les revois près de la fenêtre, jouant aux échecs... Si je ne me trompe, c'est à cause de sa femme qu'il ne voyait pas les Naud, avec lesquels il était ami auparavant, puisque Naud et lui sont allés à l'école ensemble... Ils se saluaient dans la rue... Je les ai vus se parler sur le trottoir, mais c'est tout...

— C'est donc après le départ de Mme Groult-Cotelle…

— Oui… Il y a environ trois ans… Mlle Naud avait seize ou dix-sept ans… Elle revenait de pension, car elle est restée longtemps en pension à Niort et on ne la voyait qu'un dimanche sur quatre… Je m'en souviens aussi parce que, quand on la rencontrait en dehors des vacances, on savait que c'était le troisième dimanche du mois… Ils sont devenus amis… M. Groult a passé la moitié de son temps chez les Naud…

— Ils ne vont pas en vacances ensemble ?

— Aux Sables-d'Olonne, oui… Les Naud ont fait bâtir une villa aux Sables… Vous rentrez ?… Vous ne voulez pas savoir si le détective…

L'adolescent regardait dans la direction de la maison de Groult, où un peu de lumière filtrait toujours à travers les volets. Sans doute ne se figurait-il pas une enquête policière à la façon dont Maigret menait celle-ci. Il était un peu désillusionné, sans oser le montrer.

— Qu'est-ce qu'il a dit quand vous êtes entré ?

— Cadavre ?… Rien… Non, il n'a rien dit… D'ailleurs, cela n'a pas d'importance…

La vérité, c'est qu'il ne vivait pour ainsi dire pas dans le présent. C'était du bout des lèvres qu'il répondait à son jeune interlocuteur, sans savoir au juste de quoi il s'agissait.

Maintes fois, à la P.J., on l'avait plaisanté sur le Maigret de ces moments-là. Il savait qu'on en parlait derrière son dos aussi.

Un Maigret qui semblait se gonfler outre mesure,

devenir épais et lourd, comme insensible, comme aveugle et muet, un Maigret que le passant ou l'interlocuteur non averti eussent pu prendre pour un gros imbécile ou pour un gros endormi.

— En somme, lui avait dit quelqu'un qui se piquait de psychologie, vous concentrez vos pensées ?

Et lui avait répondu avec une sincérité comique :

— Je ne pense jamais.

C'était presque vrai. Ainsi, à présent, debout dans la rue humide et froide, il ne pensait pas. Il ne suivait aucune idée. Peut-on dire qu'il était un peu comme une éponge ?

Le mot était du brigadier Lucas, qui avait travaillé si souvent avec lui et qui le connaissait mieux que quiconque.

— Il y a un moment, au cours d'une enquête, racontait Lucas, où le patron se gonfle soudain comme une éponge. On dirait qu'il fait le plein.

Mais le plein de quoi ? Pour l'instant, par exemple, il faisait le plein de brouillard et de nuit. Ce n'était plus un village quelconque qui l'entourait. Il n'était pas lui-même un monsieur quelconque que le hasard avait jeté dans ce décor.

Il était quelque chose comme Dieu le Père. Ce village, il le connaissait comme s'il y avait toujours vécu, ou mieux, comme s'il en était le créateur. Toutes les petites maisons basses tapies dans le noir, il en savait la vie, il croyait voir hommes et femmes se retourner dans la moiteur de leur lit, il suivait le fil de leurs rêves, une petite lumière lui révélait un bébé à qui une maman à demi assoupie tendait un biberon tiède, il sentait les lancinements de la malade du coin et prévoyait les réveils en sursaut de l'épicière somnambule.

Il était au café, autour des tables brunes et polies, avec les hommes qui maniaient des cartes crasseuses et comptaient des jetons jaunes et rouges.

Il était dans la chambre de Geneviève. Il souffrait avec elle dans son orgueil d'amante. Car elle souffrait dans son orgueil d'amante. Elle venait de vivre, sans doute, la journée la plus pénible de sa vie et qui sait si elle ne guettait pas le retour de Maigret pour se glisser une fois encore dans sa chambre ?

Mme Naud ne dormait pas. Elle était couchée, mais elle ne dormait pas et, dans l'obscurité de sa chambre, elle guettait les bruits de la maison, se demandant pourquoi Maigret ne rentrait pas, imaginant son mari, dans le salon, qui se morfondait, partagé entre l'espoir que lui donnait son coup de téléphone et les inquiétudes nées de l'absence du commissaire.

Maigret sentait la chaleur des vaches dans l'étable, il entendait les ruades de la jument, il imaginait la vieille cuisinière en camisole…

Et chez Groult… Tiens ! Une porte s'ouvrait. Alban reconduisait son visiteur. Il le détestait. Que s'étaient-ils dit encore, Cavre et lui, dans le salon poussiéreux et sentant le fade, après le coup de téléphone à Naud ?

La porte se refermait. Cadavre marchait vite, sa serviette sous le bras. Il était content et mécontent. En somme, il avait presque gagné la partie. Il avait triomphé de Maigret. Demain, celui-ci serait rappelé à Paris. Mais il était un peu humilié de n'avoir pas obtenu ce résultat par lui-même. Il y avait aussi une menace proférée par le commissaire, au sujet de la casquette, qui le chiffonnait...

Son employé l'attendait au *Lion d'Or*, en buvant des petits verres.

— Vous rentrez tout de suite ?

— Oui, mon petit... Qu'est-ce que je ferais d'autre ?

— Vous n'allez pas lâcher ?

— Lâcher quoi ?

Maigret les connaissait si bien tous ! Combien de Grêlés tout pareils à celui-ci avait-il rencontrés dans la vie, aussi ardents, aussi naïfs et roublards à la fois, fonçant sur l'obstacle, voulant coûte que coûte arriver à leurs fins !

— Cela te passera, va, mon petit bonhomme, pensait-il. Dans quelques années, tu salueras bien bas un Naud ou un Groult, parce que tu auras compris que c'est le mieux à faire quand on est le fils du nommé Fillou...

Et Mme Retailleau, toute seule dans la maison, où elle avait eu soin de faire disparaître les billets de la soupière ?

Celle-là avait compris depuis longtemps. Elle avait sans doute été une bonne épouse comme les autres, une bonne mère comme les autres...

Elle ne manquait peut-être pas de sentiments, mais elle s'était aperçue que les sentiments ne servent à rien et elle s'était résignée.

Résignée à se défendre avec d'autres armes !

Résignée à traduire en billets de banque tous les accidents de la vie.

La mort de son mari lui avait rapporté sa maison et une rente qui lui avait permis d'élever son fils et de lui donner de l'instruction.

La mort d'Albert...

— Je parie, murmura-t-il à mi-voix, qu'elle a envie d'une petite maison, non plus à Saint-Aubin, mais à Niort... Une petite maison neuve et très propre... Avec une bonne petite vieillesse assurée entre les portraits de son mari et de son fils...

Quant à Groult et à ses *Voluptés perverses*...

— Ce que vous marchez vite, commissaire...

— Tu me reconduis ?

— Cela vous ennuie ?

— Ta mère ne va pas s'inquiéter ?

— Oh ! elle ne s'occupe pas de moi...

Il y avait de la fierté, mais aussi du regret, dans le ton sur lequel ces paroles étaient prononcées.

Allons ! On avait déjà dépassé la gare. On marchait maintenant sur le chemin spongieux qui longe le canal. Le vieux Désiré devait cuver son vin sur sa paillasse crasseuse. Josaphat, le facteur, était fier de lui et supputait sans doute les bénéfices de sa brillante conduite et de ses astuces...

Là-bas, au bout du chemin, où on voyait comme le halo d'une lune que voile un nuage, il y avait une grosse maison chaude et paisible, une de ces maisons que les passants regardent avec envie et où on se dit qu'il doit faire si bon vivre.

— Laisse-moi, maintenant, petit... Je suis arrivé...

— Quand est-ce que je vous verrai ?... Promettez-moi de ne pas partir sans...

— Je le promets...

— C'est vrai que vous ne lâchez pas ?

— Vrai…

Hélas ! Car Maigret n'était pas enchanté de ce qui lui restait à faire, et il s'avança, les épaules basses, vers le perron. La porte était contre. On l'avait laissée ainsi pour lui. Il y avait de la lumière dans le salon.

Il soupira en retirant son lourd pardessus que le brouillard avait encore alourdi, resta un instant sur le paillasson, à allumer sa pipe.

— Allons !

Le pauvre Étienne l'attendait, tiraillé entre l'espoir et une mortelle angoisse, dans le fauteuil où, l'après-midi, Mme Naud était assise et avait souffert les mêmes affres.

Sur un guéridon, une bouteille d'armagnac à laquelle il semblait qu'on avait fait largement appel.

## 8

### *Maigret joue les Maigret*

Il n'y avait aucune pose dans l'attitude de Maigret. S'il tenait les épaules rentrées, la tête un peu de travers, comme un frileux qui va droit au poêle, c'est d'abord qu'il avait froid, car il était resté longtemps dans le brouillard sans s'inquiéter de la température et c'est au moment de retirer son pardessus qu'il avait eu un frisson. Il semblait se rendre compte, soudain, de toute l'humidité glacée qui s'était accumulée sur sa personne.

Il était maussade, comme quand on couve une

grippe. Il était anxieux, parce qu'il n'aimait pas la tâche qui l'attendait. Il était hésitant, enfin. Au moment d'agir, il envisageait soudain deux méthodes diamétralement opposées, et cela à l'instant précis où il devait adopter une solution définitive.

C'est tout cela, et non une sorte de fidélité à sa légende, qui le faisait entrer dans le salon avec cet air bourru, ces gros yeux qui n'avaient l'air de se poser sur rien, cette démarche oblique d'ours.

Il ne regardait rien et voyait tout, le verre et la bouteille d'armagnac, les cheveux trop bien lissés d'Étienne Naud, qui lui lançait avec un faux enjouement :

— Bonne soirée, commissaire ?

Il venait sûrement de se passer le peigne dans les cheveux. Il en avait toujours un en poche, car il était coquet. Mais sans doute, auparavant, quand il était seul à attendre et à se morfondre, étaient-ce des doigts fébriles qu'il passait dans sa chevelure.

Au lieu de répondre, Maigret alla redresser un cadre, sur le mur de gauche, et ce n'était pas non plus une attitude. Il ne pouvait pas supporter de voir un tableau de travers sur un mur. Cela l'irritait et il n'avait nulle envie d'être irrité par une cause aussi futile pendant la partie qu'il allait jouer.

Il faisait chaud. Il flottait encore dans l'air des relents du dîner auxquels se mêlait l'odeur de l'armagnac dont le commissaire finit par se servir un verre.

— Et voilà ! soupira-t-il alors.

Naud tressaillit, étonné, inquiet. Cet « Et voilà ! » sonnait comme la conclusion d'un débat intérieur.

S'il s'était trouvé dans les locaux de la P.J., ou si seulement il avait été chargé officiellement de cette affaire, Maigret se serait cru obligé, pour mettre toutes les chances de son côté, d'employer des moyens traditionnels. Or, les moyens traditionnels, en l'occurrence, tendaient tous à mettre Naud dans un état de moindre résistance, à l'affoler, à lui briser les nerfs en le faisant passer par des alternatives d'espoir et de terreur.

C'était facile. Le laisser s'empêtrer dans ses mensonges d'abord. Puis risquer de vagues allusions aux deux coups de téléphone. Enfin, pourquoi pas ? déclarer à brûle-pourpoint :

— Votre ami Alban sera arrêté demain matin…

Eh bien non ! Maigret allait tout bonnement s'accouder à la cheminée. Les flammes du foyer lui rôtissaient les jambes. Naud était assis près de lui. Sans doute espérait-il encore ?

— Je partirai demain à trois heures comme vous le désirez, soupira enfin le commissaire après avoir tiré deux ou trois coups précipités sur sa pipe.

Il avait pitié. Il était gêné devant cet homme qui avait à peu près son âge, dont toute la vie avait été régulière, confortable, harmonieuse, et qui, à ce moment, jouait le tout pour le tout, menacé qu'il était d'être enfermé jusqu'à la fin de ses jours entre les quatre murs d'une prison.

Allait-il se débattre, mentir encore ? Maigret souhaitait que non, comme on souhaite, par sensibilité, la mort rapide d'un animal qu'on a blessé par maladresse. Il évitait de le regarder, fixait le tapis.

— Pourquoi dites-vous cela, monsieur le commissaire ? Vous savez que vous êtes le bienvenu ici, que ma famille comme moi-même avons pour vous autant d'admiration que de sympathie…

— J'ai entendu votre conversation téléphonique avec votre beau-frère, monsieur Naud.

Il se mettait dans la peau de l'autre. Ce sont des moments dont, ensuite, on préfère ne pas se souvenir. Aussi, le commissaire s'empressait-il de poursuivre :

— Vous vous êtes d'ailleurs mépris à mon sujet. Votre beau-frère Bréjon m'a demandé comme un service de venir vous aider dans une affaire délicate. J'ai compris tout de suite, croyez-le, qu'il avait mal interprété votre pensée et que ce n'était pas une aide de ce genre que vous attendiez de lui. Vous lui avez écrit dans un moment d'affolement, pour lui demander conseil. Vous lui avez parlé de la rumeur publique, sans lui dire, bien entendu, que celle-ci avait raison. Et lui, pauvre honnête homme consciencieux et routinier, vous a envoyé un policier pour vous tirer du pétrin.

Naud se leva lourdement, marcha vers le guéridon où il se servit un plein verre d'armagnac. Sa main tremblait. Son front devait être moite. Maigret ne le voyait pas. N'eût-il pas eu pitié, qu'une sorte de délicatesse l'eût empêché de regarder son hôte à cet instant.

— Je serais reparti dès mon arrivée, dès les premiers contacts que nous avons eus ensemble si, d'une part, vous n'aviez fait appel à Justin Cavre, et si la présence de celui-ci ne m'avait piqué au jeu.

Pas de dénégations de la part de Naud, qui jouait

avec sa chaîne de montre et regardait fixement le portrait de sa belle-mère.

— Bien entendu, étant donné que je ne suis pas en mission, je n'ai de comptes à rendre à personne. Vous n'avez donc rien à craindre de moi, monsieur Naud, et je suis d'autant plus à l'aise pour vous parler. Vous venez de passer des semaines de cauchemar, n'est-ce pas ? votre femme aussi, car je suis persuadé qu'elle est au courant de tout…

L'autre ne se rendait pas encore. Il était arrivé à ce point où il suffit d'un mouvement de tête, d'un battement de paupières, d'un murmure, pour en finir avec les incertitudes. Après, ce serait la paix. Il pourrait se détendre. Il n'aurait plus rien à cacher, aucun jeu à jouer.

Sa femme, là-haut, ne devait pas dormir, mais tendre l'oreille, inquiète de ne pas entendre monter les deux hommes. Sa fille avait-elle trouvé le sommeil ?

— Maintenant, monsieur Naud, je vais vous révéler le fond de ma pensée, et vous comprendrez pourquoi je ne suis pas parti sans rien dire, ce que, si étrange que cela puisse vous paraître, j'ai été sur le point de faire. Écoutez-moi bien, et ne vous hâtez pas de mal interpréter mes paroles. J'ai l'impression très nette, j'ai la quasi-certitude que, pour coupable que vous soyez de la mort d'Albert Retailleau, vous êtes en même temps une victime. J'irai plus loin. Si vous avez été l'instrument, vous n'êtes pas le véritable responsable de sa mort.

Et Maigret alla se servir à boire à son tour, pour donner à son interlocuteur le temps de peser le sens de ses paroles. Comme Naud se taisait toujours, il le regarda enfin en face, le força à supporter son regard et questionna :

— Vous n'avez pas confiance ?

Le résultat fut aussi pénible qu'inattendu, car la capitulation de Naud se traduisit par une crise de larmes. Les paupières de cet homme en pleine force de l'âge se gonflèrent, se remplirent d'une eau trouble. Ses lèvres s'avancèrent en une moue enfantine. Un instant, il résista, mal à l'aise au milieu du salon, et enfin il se précipita vers le mur sur lequel il appuya ses deux bras pour s'y cacher la tête, et ses épaules se soulevèrent à un rythme saccadé.

Il n'y avait plus qu'à attendre. Deux fois, il essaya de parler, mais il était trop tôt encore, il n'avait pas repris assez de calme. Comme par discrétion, Maigret s'était assis devant la cheminée, et, faute de pouvoir tisonner comme il en avait l'habitude, il arrangeait les bûches du bout des pincettes.

— Tout à l'heure, si vous voulez, vous me raconterez franchement les événements. D'ailleurs, c'est à peine utile, du moins ceux de ce soir-là, faciles à reconstituer. Pour les autres, il n'en est pas de même…

— Que voulez-vous dire ?

Naud était toujours aussi grand, aussi fort, mais on eût dit qu'il avait perdu toute consistance. Il était maintenant comme ces enfants trop poussés qui ont à douze ans la taille et l'embonpoint d'un homme mûr.

— Vous n'aviez aucun soupçon sur les rapports qui existaient entre votre fille et ce jeune homme ?

— Mais, monsieur le commissaire, je ne le connaissais même pas ! Je veux dire que je savais qu'il existait, parce que je connais plus ou moins tout le village, mais je n'aurais pas pu mettre un nom sur sa figure. Je me demande encore où Geneviève, qui ne sortait presque pas, a pu le rencontrer...

— Vous étiez couché près de votre femme ?

— Oui... Et tenez... C'est ridicule... Nous avions mangé de l'oie à dîner...

Il se raccrochait à des détails de ce genre, comme s'ils rendaient la vérité moins tragique en lui donnant des aspects familiers.

— J'aime beaucoup l'oie, bien que je la digère difficilement... Vers une heure du matin, je me suis relevé pour prendre du bicarbonate de soude... Vous connaissez à peu près la disposition des lieux... Après ma chambre se trouve mon cabinet de toilette ; puis une chambre d'amis, puis une pièce où nous n'entrons jamais parce que...

— Je sais... Le souvenir d'un enfant...

— Enfin vient la chambre de ma fille, qui se trouve par conséquent isolée. Quant aux deux domestiques, elles couchent à l'étage au-dessus... J'étais donc dans mon cabinet de toilette... Je tâtonnais dans l'obscurité, car je ne voulais pas éveiller ma femme qui m'aurait reproché ma gourmandise... J'ai entendu un murmure de voix... On se disputait dans la maison... J'étais loin de penser que cela pouvait être chez ma fille...

» Une fois dans le corridor, cependant, il a fallu que je me rende à l'évidence. D'ailleurs, il y avait de la lumière sous sa porte… J'ai reconnu une voix d'homme…

» Je ne sais pas ce que vous auriez fait à ma place, monsieur le commissaire… J'ignore si vous avez une fille… Ici, à Saint-Aubin, nous sommes restés assez vieux jeu… Je suis peut-être particulièrement naïf… Geneviève a vingt ans… Eh bien ! jamais il ne m'était venu à l'idée qu'elle pourrait nous cacher quoi que ce soit à sa mère et à moi… Quant à penser qu'un homme… Non ! voyez-vous, maintenant encore…

Il s'essuya les yeux, tira machinalement son paquet de cigarettes de sa poche.

— J'ai failli me précipiter, en chemise… Car, en cela encore, je suis vieux jeu, et je porte encore des chemises de nuit et non des pyjamas… Au dernier moment, j'ai eu conscience du ridicule de ma tenue, je suis rentré dans mon cabinet de toilette et, toujours sans lumière, je me suis habillé… Alors que je passais des chaussettes, un autre bruit m'a frappé, dehors, cette fois… Les persiennes du cabinet de toilette n'étant pas fermées, j'ai écarté le rideau… Il y avait de la lune et j'ai pu voir une silhouette d'homme qui descendait dans la cour, de chez ma fille, à l'aide d'une échelle…

» Je me suis chaussé Dieu sait comment… Je me suis précipité dans l'escalier… J'ai cru entendre, mais je n'en étais pas sûr, la voix de ma femme qui appelait :

» — Étienne…

» Avez-vous déjà eu la curiosité de regarder la clef de la porte qui donne sur la cour ?… C'est une

clef ancienne, énorme, un vrai marteau… Je ne jure-
rais pas que je l'ai emportée par inadvertance, et
pourtant ce n'était pas non plus de la préméditation,
car je n'avais pas fait le projet de tuer et, si on m'avait
dit à cet instant…

Il parlait d'une voix basse, mais frémissante. Pour
se calmer, il alluma sa cigarette, tira quelques longues
bouffées comme doivent le faire les condamnés.

— L'homme, contournant la maison, franchissait
le mur bas du côté de la route. Je le franchis derrière
lui, sans penser à étouffer le bruit de mes pas. Il dut
m'entendre, et pourtant il marchait sans se presser.
Quand je fus à brève distance de lui, il se retourna et,
sans voir son visage, j'eus l'impression, je ne sais
pourquoi, qu'il me narguait.

» — Qu'est-ce que vous me voulez ? questionna-
t-il d'une voix à la fois agressive et méprisante.

» Je vous jure, monsieur le commissaire, que ce
sont des moments qu'on souhaiterait ne jamais avoir
vécus. Je l'ai reconnu. Pour moi, ce n'était qu'un
gamin. Mais ce gamin-là sortait de la chambre de
ma fille et me narguait. Je ne savais que faire. Ces
choses-là ne se passent pas comme on l'imagine. Je
le secouai par les épaules sans trouver les mots que
j'aurais voulu lui dire, et lui me lançait :

» — Cela vous ennuie que je la lâche, hein, votre
garce de fille !… Vous étiez tous de mèche, hein ?…

Il se passa la main sur le visage.

— Je ne sais plus, monsieur le commissaire.
Avec la meilleure volonté du monde, je ne pourrais
vous faire un récit exact de ce qui s'est passé. Il était
aussi furieux que moi, mais plus maître de lui. C'était

lui qui m'injuriait, qui injuriait ma fille… Au lieu de tomber à genoux, à mes pieds, comme je m'étais peut-être imaginé bêtement qu'il le ferait, il se moquait de moi, de ma femme, de la maison, il lançait des mots comme :

» — Une jolie famille, oui !…

» Pour ma fille, il a employé des mots les plus orduriers, que je suis incapable de prononcer et alors, je ne sais comment cela s'est fait, je me suis mis à frapper. J'avais la clef à la main. Le gamin, par un réflexe inattendu, m'a donné un coup de tête dans l'estomac et la douleur a été telle que, dès ce moment, j'ai frappé de plus belle…

» Il est tombé…

» Et j'ai commencé par fuir, par vouloir rentrer chez moi…

» Je vous jure que tout ceci est la vérité. Mon idée était de téléphoner à la gendarmerie de Benet… En me rapprochant de la maison, j'ai vu de la lumière dans la chambre de ma fille… J'ai pensé que si je disais la vérité… Mais vous devez comprendre… Je suis revenu sur mes pas… Il était mort…

— Vous l'avez porté sur la voie, fit Maigret, pour l'aider et en finir plus vite avec cette explication déprimante.

— Oui…

— Tout seul ?

— Oui…

— Et quand vous êtes rentré ?…

— Ma femme était debout derrière la porte qui donne sur la route. Elle m'a demandé à voix basse :

» — Qu'as-tu fait ?

» J'ai essayé de nier, mais elle avait compris. Elle me regardait avec une terreur mêlée de pitié. C'est elle qui, dans le cabinet de toilette, pendant que je me couchais, en proie à une sorte de fièvre, a vérifié mes vêtements un à un pour s'assurer que...

— Je comprends.

— Vous le croirez si vous voulez mais, depuis, ni ma femme ni moi n'avons eu le courage de parler de ça à notre fille. Jamais un mot n'a été prononcé entre nous sur ce sujet. Jamais une simple allusion. C'est peut-être le plus terrible de tout. C'en est parfois hallucinant. La vie de la maison coule comme par le passé et cependant nous sommes trois à savoir...

— Et Alban ?

— Je ne sais pas comment vous dire... D'abord, je n'ai pas pensé à lui... Puis, le lendemain, j'ai été surpris de ne pas le voir arriver au moment de nous mettre à table... Je me suis mis à parler de lui, pour parler... J'ai dit : il faut téléphoner à Alban... Je l'ai fait et sa femme de ménage m'a répondu qu'il n'était pas chez lui... Pourtant, j'avais la certitude que j'avais entendu sa voix dans la pièce d'où sa servante me répondait...

» C'est devenu chez moi une idée fixe... Pourquoi Alban ne vient-il pas ?... Est-ce qu'Alban a des soupçons ?... J'en suis arrivé, c'est idiot à avouer, à me figurer que le seul danger était Alban et, quatre jours plus tard, alors qu'il n'avait toujours pas mis les pieds ici, je suis allé le trouver chez lui...

» Je voulais connaître la raison de son silence. Je n'avais pas l'intention de parler et, pourtant, je lui ai tout raconté...

» J'avais besoin de lui… Vous comprendriez cela si vous aviez été dans ma situation… C'est lui qui me rapportait ce qui se disait en ville… C'est lui aussi qui m'a raconté l'enterrement…

» J'ai été au courant des premiers soupçons et alors une autre idée s'est implantée en moi, qui ne m'a plus quittée : celle de racheter mon geste… Ne souriez pas, je vous en supplie…

— J'en ai vu tant d'autres, monsieur Naud !

— Est-ce que les autres, comme vous dites, se sont conduits aussi sottement que moi ? Est-ce qu'ils sont allés trouver un beau jour la mère de leur victime comme je l'ai fait ? Car j'y suis allé, mélodramatiquement, la nuit tombée, après que Groult se fut assuré qu'il n'y avait personne sur le chemin… Je ne lui ai pas confessé crûment la vérité… Je lui ai dit que c'était un grand malheur pour elle ; que, déjà veuve, elle était maintenant sans soutien…

» Je me demande si c'est un ange ou un démon, commissaire. Je la revois, blanche et figée près de son âtre, un châle sur les épaules. J'avais vingt billets de mille francs en deux liasses dans ma poche. Je ne savais comment les sortir, les poser sur la table. J'avais honte de moi. J'avais, oui, j'avais honte d'elle aussi…

» Et cependant les billets sont passés de ma poche sur la table.

» — Chaque année, madame, je me ferai un devoir…

» Et, comme elle fronçait les sourcils, je me suis hâté d'ajouter :

» — À moins que vous préfériez que je verse en une seule fois à votre nom une somme qui…

Il se tut, fut obligé, tant il était oppressé, d'aller boire un nouveau verre d'armagnac.

— Voilà… J'ai eu tort de ne pas tout avouer dès le début… Après, il était trop tard… Il n'y avait rien de changé en apparence dans la maison… Je ne sais comment Geneviève a eu le courage de vivre comme si rien ne s'était passé et il y a eu des moments où je me suis demandé si je n'avais pas été le jouet de mes sens…

» Quand j'ai compris que des gens, dans le village, me soupçonnaient, quand j'ai reçu des lettres anonymes et que j'ai su qu'on en avait envoyé d'autres au Parquet, j'ai écrit à mon beau-frère, sottement, car que pouvait-il faire, surtout ignorant la vérité?… Je m'imaginais vaguement que les magistrats ont le pouvoir d'étouffer un scandale, comme on l'entend dire si souvent…

» Au lieu de cela, il vous a envoyé ici au moment où je venais d'écrire à une agence de police privée de Paris… Mais oui! J'ai fait cela aussi! J'ai choisi une adresse dans les annonces des journaux! Et, moi qui ne me serais pas confié à mon beau-frère, j'ai tout dit à un inconnu, parce que j'avais absolument besoin d'être rassuré…

» Il savait que vous arriviez… Car, quand mon beau-frère m'a averti de votre arrivée, j'ai télégraphié aussitôt à l'agence Cavre… Nous avons pris rendez-vous pour le lendemain à Fontenay…

» Qu'est-ce que vous voulez savoir encore, monsieur le commissaire?… Quel mépris vous devez avoir de moi !… Mais si !… Et je me méprise aussi, je vous assure… Je parie que, de tous les criminels que vous avez connus, il n'y en avait pas un aussi bête, aussi…

Ce fut le premier sourire de Maigret. Étienne Naud était sincère. Son désespoir n'avait rien de factice. Et pourtant, comme chez tous les criminels, pour employer le terme qu'il venait d'employer lui-même, un certain orgueil perçait soudain dans son attitude.

Il était vexé, humilié, *d'être un si piètre coupable* !

Pendant quelques instants, quelques minutes peut-être, Maigret resta immobile, le regard fixé sur les flammes qui rongeaient la noirceur des bûches. Étienne Naud, dérouté par cette attitude, ne savait plus où se mettre et restait hésitant, comme flottant, au milieu de la pièce.

En somme, puisqu'il avait tout avoué, puisqu'il s'était volontairement humilié, il aurait trouvé naturel que le commissaire lui témoignât maintenant plus d'égards et vînt moralement à son secours.

Ne s'était-il pas mis plus bas que terre ? N'avait-il pas fait un tableau pathétique de ses souffrances et de celles de sa famille ?

Tout à l'heure, avant les aveux, il avait eu l'impression que Maigret était ému et prêt à s'émouvoir davantage. Il avait compté sur cette émotion-là.

Or, voilà qu'on n'en trouvait plus la moindre trace. La scène jouée, le commissaire fumait tranquillement sa pipe et son regard ne trahissait qu'une intense réflexion, à l'exclusion de toute sentimentalité.

— Qu'est-ce que vous feriez à ma place ? tenta encore Naud.

Un simple regard lui donna à penser qu'il allait peut-être trop loin, comme ces enfants à qui on vient de pardonner une faute et qui profitent de cette indulgence pour se montrer plus exigeants et plus insupportables que jamais.

À quoi Maigret pensait-il ? Naud en arrivait à soupçonner que ses attitudes n'avaient constitué qu'un piège. Il s'attendait presque à le voir se lever, sortir des menottes de sa poche, prononcer les paroles sacramentelles :

« Au nom de la loi... »

— Je me demande...

C'était Maigret qui hésitait, tirait encore sur sa pipe, croisait et décroisait les jambes.

— Je me demande... oui... si nous ne pourrions pas téléphoner à votre ami Alban... Quelle heure est-il ?... Minuit dix... La receveuse ne doit pas encore être couchée et nous donnera la communication... Eh bien ! oui... Si vous n'êtes pas trop fatigué, monsieur Naud, je pense que nous ferions mieux d'en finir cette nuit afin que je puisse prendre mon train demain...

— Mais...

Il ne trouvait pas les mots, ou plutôt il n'osait pas prononcer ceux qui lui venaient aux lèvres :

« Mais... est-ce que ce n'est pas fini ? »

— Vous permettez ?...

Maigret traversa le salon, pénétra dans le vestibule, tourna la manivelle du téléphone.

— Allô... Je vous demande pardon de vous

déranger, chère mademoiselle… C'est moi, oui… Vous avez reconnu ma voix ?… Mais non… Aucun ennui du tout… Voulez-vous avoir la gentillesse de me brancher sur M. Groult-Cotelle, s'il vous plaît ?… Sonnez fort et longtemps, pour le cas où il aurait le sommeil dur…

Par la porte entrouverte, il voyait Étienne Naud qui ne comprenait plus, qui était vraiment désemparé, sans nerfs, sans consistance, et qui, s'abandonnant à son sort, avalait philosophiquement une lampée d'armagnac.

— Monsieur Groult-Cotelle ?… Comment allez-vous ?… Vous étiez couché… Vous dites ?… Vous lisiez dans votre lit ?… Oui, ici, c'est le commissaire Maigret… Je suis chez votre ami, oui… Nous bavardons… Comment ?… Vous avez pris froid ?… Cela tombe mal… On dirait que vous avez deviné ce que j'allais dire… Nous aimerions que vous fassiez un saut jusqu'ici… Oui… Le brouillard, je sais… Vous êtes déshabillé ?… Dans ce cas, c'est nous qui irons vous voir… Avec la voiture, nous en avons pour un instant… Comment ?… Vous préférez venir ?… Non… Rien de particulier… Je pars demain… Figurez-vous que j'ai des affaires importantes qui me rappellent à Paris…

Le pauvre Naud comprenait de moins en moins et regardait le plafond, se disant sans doute que sa femme devait tout entendre et qu'elle était dans l'angoisse. S'il allait la rassurer ? Pouvait-il réellement être rassuré ? L'attitude de Maigret ne lui donnait plus confiance. Il commençait à regretter ses aveux.

— Comment dites-vous ?… Un quart d'heure ?…

C'est trop… Faites au plus vite… À tout de suite…
Merci…

Peut-être, ici, y eut-il un peu de comédie de la part
du commissaire. Peut-être n'avait-il pas réellement
faim ? Peut-être n'avait-il pas envie d'attendre dix
minutes ou un quart d'heure dans le salon en tête à
tête avec Étienne Naud ?

— Il va venir, annonça-t-il. Il est très inquiet.
Vous ne pouvez vous figurer l'état dans lequel l'a
mis mon coup de téléphone…

— Il n'a pourtant aucune raison pour…

— Vous croyez ? questionna simplement Maigret.

L'autre comprenait de moins en moins.

— Cela ne vous ennuie pas que j'aille chercher
un morceau à manger dans la cuisine ?… Laissez…
Je trouverai bien le commutateur… Quant au frigi-
daire, je l'ai déjà repéré…

Il fit de la lumière. Le feu était éteint dans le fourneau. Il trouva une cuisse de poulet encore laquée de
sauce glacée. Il se coupa une épaisse tranche de pain
qu'il couvrit de beurre.

— Dites-moi…

Il revenait dans la maison en mangeant.

— Il n'y a pas de bière, chez vous ?

— Vous ne préférez pas un verre de bourgogne ?

— J'ai envie de bière, mais si vous n'en avez pas…

— Il doit en rester à la cave… J'en fais toujours
venir quelques caisses mais, comme nous en buvons
rarement, je ne sais pas si…

De même que, lors des décès les plus pathétiques,
on voit la famille, au beau milieu de la nuit, inter-
rompre un instant larmes et sanglots pour se res-

taurer, de même les deux hommes, après l'heure dramatique qu'ils venaient de vivre, descendaient-ils prosaïquement à la cave.

— Non… Ceci, c'est de la limonade… Attendez… La bière doit se trouver sous l'escalier…

C'était exact. Ils en remontèrent des bouteilles sous leurs bras. Puis il fallut trouver de grands verres. Maigret mangeait toujours, tenait la cuisse de poulet entre ses doigts et avait le menton gras de sauce.

— Je me demande, dit-il avec désinvolture, si votre ami Alban va venir seul.

— Que voulez-vous dire ?

— Rien. Je vous propose un pari…

Ils n'eurent pas le temps de parier. On frappait de petits coups à la porte d'entrée. Étienne Naud se précipita. Maigret, lui, se contenta, avec sa bière, son pain et son poulet, de gagner le milieu du salon.

Il entendit un murmure de voix :

— Je me suis permis d'amener monsieur que j'ai rencontré en chemin et qui…

Les yeux de Maigret se durcirent l'espace d'une seconde, puis aussitôt, sans transition, on y vit danser une flamme de gaieté tandis qu'il criait à la cantonade :

— Entrez, Cavre !… Je vous attendais…


9

*Du bruit derrière la porte*

Nous gardons longtemps, parfois toute notre vie, l'empreinte de rêves qui, nous affirme-t-on, ne durent

que quelques secondes. Or, un instant, les personnages qui pénétraient dans le salon apparurent à
Maigret tout différents de ce qu'ils étaient, en tout
cas de ce qu'ils se croyaient, et c'est sous cette forme
qu'ils devaient rester vivants dans la mémoire du
commissaire.

Ils étaient tous du même âge, ou à peu près,
Maigret compris. Et tandis qu'il les observait l'un
après l'autre, il avait un peu l'impression d'assister à
une réunion de collégiens de dernière année.

Étienne Naud devait déjà avoir au temps de son
bachot les mêmes rondeurs, le même moelleux, cet
air robuste et doux tout ensemble, bien élevé, un peu
timide.

Cavre, le commissaire l'avait connu alors qu'il
n'avait pas quitté l'école depuis longtemps, et c'était
déjà le bilieux, le solitaire. Il avait beau faire — car
il était coquet jadis — les vêtements ne prenaient pas
sur lui la même allure que sur les autres. Il paraissait
toujours miteux, mal fichu. Sa silhouette était triste.
Quand il était tout petit, sa mère devait lui répéter :

— Va donc jouer avec les autres, Justin…

Et sans doute confiait-elle aux voisines :

— Mon fils ne joue jamais. Cela me fait un peu
peur pour sa santé. Il est trop intelligent. Il réfléchit
tout le temps…

Quant à Alban, sa ressemblance avec le jeune
homme qu'il avait été restait frappante : ces longues
jambes maigres, ce visage allongé, plus ou moins
aristocratique, ses longues mains blêmes, couvertes
de poils roussâtres, cette élégance de caste… Il
devait copier ses compositions sur ses camarades,

leur emprunter des cigarettes et leur raconter des cochonneries dans les coins !

Maintenant, ils se débattaient avec le plus grand sérieux dans une affaire qui pouvait faire enfermer l'un d'eux jusqu'à la fin de ses jours. Ils étaient des hommes mûrs. Deux enfants, quelque part, portaient le nom de Groult-Cotelle et avaient peut-être hérité quelques-unes de ses tares. Dans la maison, il y avait une femme et une jeune fille qui ne devaient pas trouver le sommeil ce soir-là. Quant à Cavre, il devait se morfondre à l'idée que sa femme profiterait sans doute de son absence.

Il se passait un phénomène assez curieux. Alors qu'Étienne Naud, un peu plus tôt, confessait son crime à Maigret, sans manifester de honte et lui avouait, d'homme à homme, ses angoisses les plus secrètes, il rougissait à présent jusqu'aux deux oreilles en introduisant les nouveaux venus dans le salon et cherchait en vain à se montrer désinvolte.

N'était-ce pas justement un sentiment un peu enfantin qui le faisait rougir de la sorte ? Maigret, pendant quelques secondes, devenait le maître d'école ou le professeur. Naud était resté seul avec lui pour être questionné sur quelque méfait et recevoir une semonce. Ses camarades rentraient, l'interrogeaient du regard, semblaient lui demander :

— Comment t'es-tu tenu ?

Or il s'était mal tenu. Il ne s'était pas défendu. Il avait pleuré. Il se demandait s'il ne restait pas sur ses joues et sur ses paupières des traces de ses larmes.

Il aurait voulu crâner, leur faire croire que tout s'était bien passé. Il s'affairait, allait chercher des verres dans le buffet de la salle à manger, versait de l'armagnac.

Ces bouffées d'une époque de la vie à laquelle nos faits et gestes n'ont pas encore d'importance inspirèrent-elles le commissaire ? Il attendit que tout le monde fût assis, puis il vint se camper au milieu du salon, regarda tour à tour Cavre et Alban et leur dit carrément :

— Eh bien, messieurs, c'est cuit !

Alors seulement, et pour la première fois depuis qu'il était mêlé à cette histoire, il joua les Maigret, comme on dit à la P.J. des inspecteurs qui s'essayent à imiter le grand patron. La pipe aux dents, les mains dans les poches, le dos au feu, il parla, grogna, tripota les bûches du bout des pincettes, alla de l'un à l'autre d'une lourde démarche d'ours, les interpellant ou laissant soudain tomber un inquiétant silence.

— Nous venons d'avoir, M. Naud et moi, une longue et cordiale conversation. Je lui annonçais que j'étais décidé à rentrer demain à Paris. Il valait mieux, n'est-ce pas, avant de nous quitter, nous dire la vérité et c'est ce que nous avons fait. Pourquoi sursautez-vous, monsieur Groult ? Au fait, Cavre, je vous demande pardon de vous avoir fait sortir au moment où vous alliez vous mettre au lit. Eh oui ! c'est moi qui suis le coupable. Je savais fort bien, en téléphonant à notre ami Alban, qu'il n'aurait pas le courage de venir seul. Je me demande pourquoi il a senti comme une menace dans mon invitation à venir bavarder avec nous...

» Il avait un détective sous la main, et, faute d'un avocat, il a emmené le détective...

» N'est-ce pas, Groult ?

— Ce n'est pas moi qui l'ai fait venir de Paris ! répliqua le faux gentilhomme déplumé.

— Je sais. Ce n'est pas vous qui avez assommé l'infortuné Retailleau, puisque vous étiez par hasard à La Roche. Ce n'est pas vous qui avez quitté votre femme, puisque c'est elle qui est partie. Ce n'est pas vous qui... Au fond, voyez-vous, vous êtes un être négatif... Vous n'avez jamais rien fait de bon...

Inquiet de se voir ainsi sur la sellette, Groult-Cotelle appelait Cavre à son secours, mais celui-ci, sa serviette de cuir sur les genoux, regardait Maigret avec une certaine inquiétude.

Il connaissait assez la police, et le patron en particulier, pour comprendre que cette mise en scène avait un but déterminé et qu'à la fin de cette petite réunion l'affaire recevrait sa conclusion.

Étienne Naud n'avait pas protesté quand le commissaire avait affirmé :

— C'est cuit !

Qu'est-ce que Maigret voulait de plus ? Il allait et venait, se campait devant un portrait, allait d'une porte à l'autre en parlant toujours, comme improvisant, et parfois il arrivait à Cavre de se demander s'il n'essayait pas de gagner du temps, s'il n'attendait pas un événement qu'il prévoyait, mais qui tardait à se produire.

— Je pars donc demain comme vous le désirez tous et, en passant, je pourrais vous reprocher, à vous surtout, Cavre, qui me connaissez, de n'avoir pas eu plus de confiance en moi. Vous saviez, sacrebleu, que je n'étais qu'un invité, traité du mieux qu'on puisse traiter un invité.

» Ce qui s'est passé dans la maison avant mon arrivée ne me regarde pas. Tout au plus aurait-on pu me demander un conseil? Quelle est, en somme, la situation de Naud? Il a eu un geste malheureux et même très malheureux. Mais quelqu'un a-t-il porté plainte?

» Non! la mère du jeune homme se déclare satisfaite, si je puis dire…

Et Maigret le fit exprès de prononcer, avec une légèreté qui les trompa tous, cette phrase terrible.

— Tout se passe entre gens comme il faut, entre personnes bien élevées. Des bruits courent, certes. On pouvait craindre deux ou trois témoignages désagréables, mais la diplomatie de notre ami Cavre et l'argent de Naud, en même temps que le penchant de certains bonshommes pour la boisson, ont écarté ce danger. Quant à la casquette, qui d'ailleurs ne constituerait pas une preuve suffisante, je suppose que Cavre a eu la prudence de la détruire. N'est-ce pas, Justin?

Celui-ci sursauta en s'entendant appeler par son prénom. Tout le monde était tourné vers lui, mais il évita de répondre.

— Voilà donc où nous en sommes, ou plutôt où en est notre hôte. Des lettres anonymes circulent. Le procureur et la gendarmerie en ont reçu. Il y aura peut-être une enquête. Qu'est-ce que vous avez conseillé à votre client, Cavre?

— Je ne suis pas avocat-conseil.

— Voilà bien votre modestie! Si vous voulez ma

pensée, à moi, je dis bien ma pensée et non un avis, car je ne suis pas avocat non plus, Naud, dans quelques jours, éprouvera le besoin de voyager avec sa famille. Il est assez riche pour vendre son affaire et pour se retirer ailleurs, peut-être au-delà des frontières...

Naud poussa un soupir en forme de sanglot à l'idée de quitter tout ce qui avait été sa vie jusque-là.

— Reste notre ami Alban... Que comptez-vous faire, monsieur Alban Groult-Cotelle ?

— Vous n'avez pas à répondre, intervint précipitamment Cavre en le voyant ouvrir la bouche. Je me permets d'ajouter que rien ne nous oblige à supporter cet interrogatoire qui n'en est d'ailleurs pas un. Si vous connaissiez comme moi le commissaire, vous sauriez qu'en ce moment il nous joue la comédie, qu'il la fait, comme on dit quai des Orfèvres, *à la chansonnette.* Je ne sais pas, monsieur Naud, si vous avez avoué, ni par quel moyen des aveux vous ont été arrachés. Ce dont je suis sûr, c'est que mon ancien collègue a un but, un but que je ne distingue pas encore, mais contre lequel, quel qu'il soit, je vous mets en garde.

— Très bien parlé, Justin !

— Je n'ai pas besoin de votre opinion.

— Je vous la donne quand même.

Et, brusquement, il changea de ton. Ce qu'il attendait depuis un quart d'heure, ce qui l'avait obligé à toute cette comédie venait enfin de se produire. Ce n'était pas sans raison qu'il avait marché sans cesse de long en large, allant de la porte du vestibule à celle qui donnait dans la salle à manger.

Ce n'était même pas par faim ou par gourmandise qu'il était allé beaucoup plus tôt dans la cuisine se chercher du pain et un morceau de poulet. Il avait besoin de savoir s'il existait un autre escalier que celui qui débouchait dans le vestibule. Il y en avait un, un escalier de service, près de la cuisine.

Quand il avait téléphoné à Groult-Cotelle, il avait parlé d'une voix très forte, comme s'il ignorait que deux femmes étaient censées dormir dans la maison.

Maintenant, il y avait quelqu'un derrière la porte entrouverte de la salle à manger.

— Vous avez raison, Cavre, car, si vous êtes un assez triste homme, vous n'êtes pas un imbécile… Je poursuis un but et ce but, je l'avoue immédiatement : c'est de prouver que Naud n'est pas le vrai coupable…

Le plus stupéfait, ce fut Étienne Naud lui-même qui dut se retenir pour ne pas pousser une exclamation. Quant à Alban, il était devenu livide et, ce que Maigret n'avait pas encore constaté chez lui, de petites taches rouges se marquaient sur son front, comme une brusque poussée d'urticaire qui révélait sa débâcle intérieure.

Cela rappelait au commissaire certain assassin presque illustre qui, après vingt-huit heures d'interrogatoire, pendant lequel il s'était défendu pied à pied, s'était brusquement oublié dans son pantalon, comme un enfant effrayé. Maigret et Lucas, qui menaient l'interrogatoire, avaient reniflé, s'étaient regardés et, dès lors, ils avaient compris que la partie était gagnée.

L'urticaire d'Alban Groult-Cotelle était du même

genre et le commissaire eut de la peine à réprimer un sourire.

— Dites-moi, monsieur Groult, préférez-vous nous dire la vérité ou aimez-vous mieux que ce soit moi qui la dise ? Prenez le temps de réfléchir. Je vous autorise volontiers à consulter votre avocat… Je veux dire Justin Cavre. Retirez-vous dans un coin si vous voulez pour vous mettre d'accord…

— Je n'ai rien à dire…

— C'est donc moi qui vais être obligé d'apprendre à M. Naud, qui l'ignore, pourquoi Albert Retailleau a été tué ? Car, si étrange que cela puisse paraître, si Étienne Naud sait comment le jeune homme a été tué, il ignore absolument *pourquoi* il l'a été… Qu'est-ce que vous dites, Alban ?

— Vous mentez !

— Comment pouvez-vous affirmer que je mens, alors que je n'ai encore rien dit ? Allons ! Je vais poser la question autrement et cela reviendra au même. Voulez-vous nous révéler pourquoi, certain jour bien déterminé, vous avez éprouvé soudain le besoin de vous rendre à La Roche-sur-Yon et d'en rapporter soigneusement votre note d'hôtel ?

Étienne Naud ne comprenait toujours pas, regardait Maigret avec inquiétude, persuadé que celui-ci s'enferrait. Tout à l'heure encore, le commissaire l'impressionnait, mais il perdait de plus en plus de son prestige, cet acharnement contre Groult-Cotelle ne rimait à rien, devenait odieux.

À tel point que ce fut Naud qui intervint, en honnête homme qui se refuse à voir accuser un innocent, en hôte qui n'admet pas qu'un de ses invités soit mis sur la sellette.

— Je vous assure, monsieur le commissaire, que vous faites fausse route…

— Je suis désolé, cher monsieur, de vous détromper, d'autant plus désolé que ce que vous allez apprendre sera extrêmement désagréable. N'est-ce pas, Groult ?

Celui-ci s'était dressé d'une détente et, un instant, on put croire qu'il allait se précipiter sur son tortionnaire. Il eut toutes les peines du monde à se contenir. Il serrait les poings. On le voyait frémir de tous ses membres. À la fin, il fit mine de se diriger vers la porte.

Alors, Maigret l'arrêta par une toute petite question, prononcée sur le ton le plus naturel :

— Vous montez ?

Qui aurait pu deviner, en voyant Maigret, lourd et buté, qu'il avait aussi chaud que sa victime ? La chemise lui collait au dos. Il tendait l'oreille. Et, la vérité, c'est qu'il avait peur.

Quelques minutes plus tôt, il avait la certitude que, comme il l'espérait, Geneviève était derrière la porte. C'était à elle qu'il pensait quand il téléphonait à Groult-Cotelle et parlait à voix très forte dans le vestibule.

— Si j'ai raison, pensait-il alors, elle descendra…

Et elle était descendue. En tout cas, il avait entendu un léger froufrou derrière la porte de la salle à manger et le battant avait bougé.

C'était à l'intention de Geneviève encore qu'il avait parlé à Groult-Cotelle comme il venait de le faire. Maintenant, il se demandait si elle était encore là, car il n'entendait plus le moindre bruit. L'idée lui était venue qu'elle s'était peut-être évanouie, mais il eût entendu le bruit de sa chute.

Il avait envie de regarder derrière cette porte entrebâillée. Il en cherchait l'occasion.

— Vous montez ? avait-il lancé à Alban.

Et celui-ci, n'y tenant plus, revenait sur ses pas, se dressait à quelques centimètres à peine de son ennemi.

— Que voulez-vous insinuer ? Parlez ! Quelles sont ces nouvelles calomnies ? Il n'y a pas un mot de vrai dans ce que vous allez dire, vous entendez ?

— Regardez votre avocat-conseil !

Cavre faisait piteuse mine, en effet, car il comprenait que Maigret tenait le bon bout et que son client s'était enferré.

— Je n'ai besoin de personne pour me conseiller. Je ne sais pas ce qu'on a pu vous raconter, ni qui a pu vous faire de tels récits. D'avance, cependant, je veux proclamer que c'est faux et que si certaines cervelles ont pu...

— Vous êtes ignoble, Groult.

— Comment ?

— Je dis que vous êtes un répugnant personnage. Je dis et je répète que vous êtes le véritable auteur de la mort d'Albert Retailleau et que, si la justice des hommes était parfaite, la prison à perpétuité serait trop peu pour vous. Personnellement, bien que cela me soit arrivé rarement, j'aurais plaisir à vous accompagner jusqu'au pied de la guillotine...

— Messieurs, je vous prends à témoin...

— Non seulement vous avez tué Retailleau, mais vous avez tué d'autres personnes…

— Moi ?… Moi ?… Vous êtes fou, commissaire !… Il est fou !… Je vous jure qu'il est fou à lier !… Où sont-elles, ces personnes que j'ai tuées ?… Montrez-les-moi donc, je vous en prie… Eh bien ! nous attendons, monsieur Sherlock Holmes…

Il ricanait. Son effervescence était à son comble.

— En voilà déjà une… répliquait tranquillement Maigret en désignant Étienne Naud qui comprenait de moins en moins.

— Il me semble que c'est, comme on dit, un mort qui se porte bien, et si toutes mes victimes…

Il s'était approché de Maigret en manifestant une telle arrogance que le geste fut machinal, la main partit littéralement, la main du commissaire, qui alla s'abattre avec un bruit mat sur la joue blême d'Alban.

Peut-être allaient-ils en venir aux mains, se prendre à bras-le-corps, rouler sur le tapis, comme les adolescents auxquels le commissaire pensait tout à l'heure, quand on entendit une voix alarmée au haut de l'escalier.

— Étienne !… Étienne !… Commissaire !… Vite !… Geneviève.

C'était Mme Naud qui appelait, qui descendait encore quelques marches, étonnée qu'on ne l'eût pas encore entendue, car il y avait déjà un moment qu'elle appelait.

— Montez vite… fit Maigret à l'adresse de Naud. Chez votre fille…

Et à Cavre, les yeux dans les yeux, sur un ton qui n'admettait pas de réplique :

— Quant à toi, ne le laisse pas filer… Tu entends ?

Il gravit l'escalier sur les pas d'Étienne Naud et arriva en même temps que lui dans la chambre de la jeune fille.

— Regardez… gémissait Mme Naud, affolée.

Geneviève était couchée en travers sur son lit, tout habillée. Ses yeux étaient entrouverts, mais son regard était celui d'une somnambule. Sur la carpette, un tube de véronal s'était brisé en tombant.

— Aidez-moi, madame…

L'hypnotique commençait seulement à faire son effet et la jeune fille avait encore une demi-conscience. Elle recula, épouvantée, quand le commissaire s'avança vers elle et, la saisissant avec force, lui desserra les dents.

— Allez me chercher de l'eau, beaucoup d'eau, chaude si possible…

— Vas-y, toi, Étienne… Dans le bouilleur du fourneau…

Le pauvre Étienne, comme un hanneton, se heurtait aux murs du corridor et de l'escalier de service.

— Ne craignez rien, madame… Nous nous y prenons à temps… C'est ma faute, car ce n'est pas ainsi que j'avais imaginé la réaction… Passez-moi un mouchoir, une serviette, n'importe quoi…

Moins de deux minutes plus tard, la jeune fille avait vomi abondamment et elle restait assise sur le bord de son lit, docile, abattue, buvant toute l'eau que le commissaire lui tendait et lui faisait vomir à nouveau.

— Vous pouvez téléphoner au docteur. Il ne fera pas grand-chose de plus, mais c'est une précaution…

Geneviève, soudain, se laissait aller dans son lit et se mettait à pleurer, mais doucement, avec une telle lassitude que les larmes avaient l'air de l'endormir.

— Je vous laisse près d'elle, madame… Je crois qu'il vaut mieux qu'elle se repose en attendant le docteur… À mon avis — et je vous jure que j'ai, malheureusement, connu d'assez nombreux cas de ce genre — tout danger est écarté…

On entendait la voix de Naud qui téléphonait :

— Tout de suite, oui… Ma fille… Je vous expliquerai… Non… Venez comme vous êtes, en robe de chambre, cela n'a pas d'importance…

Maigret, en passant près de lui, lui prit la lettre qu'il tenait à la main. Il l'avait aperçue, sur la table de nuit de la jeune fille, mais il n'avait pas eu le temps de la saisir.

Naud, en raccrochant, réclamait sa lettre.

— Qu'est-ce que vous faites ? s'étonnait-il. C'est pour moi et pour sa mère…

— Je vous la remettrai tout à l'heure… Montez près d'elle…

— Mais…

— Je vous assure que c'est votre place…

Quant à lui, il rentra dans le salon dont il referma la porte avec soin. Il tenait la lettre à la main. Il hésitait à l'ouvrir.

— Eh bien ! Groult ?

— Vous n'avez pas le droit de m'arrêter.

— Je sais…

— Je n'ai rien fait d'illégal…

Ce mot énorme faillit lui valoir une nouvelle gifle, mais il eût fallu que Maigret traversât le salon pour la lui donner et il n'en eut pas le courage.

Il jouait avec la lettre. Il hésitait à faire sauter l'enveloppe mauve. Il le fit enfin.

— Cette lettre vous est adressée ? protesta Groult.

— Ni à moi, ni à vous… Geneviève l'a écrite au moment de se donner la mort… Voulez-vous que je la remette à ses parents ?

*Chère maman, cher papa,*
*Je vous aime bien, je vous supplie de le croire.*
*Mais il faut que je m'en aille pour toujours. Je ne*
*peux plus faire autrement. Ne cherchez pas à savoir*
*et surtout ne recevez plus Alban qui…*

— Dites-moi, Cavre. Pendant que nous étions là-haut, vous a-t-il tout dit ?

Maigret était sûr que, dans son affolement, l'autre s'était confessé, par besoin de se raccrocher à quelqu'un, d'avoir un homme pour le défendre, un homme dont c'était le métier et qu'il suffisait de payer.

Comme Cavre baissait la tête, Maigret ajouta :

— Qu'est-ce que vous en dites, hein ?

Et Groult, ignorant les limites de la lâcheté :

— C'est elle qui a commencé…

— C'est elle, sans doute, qui vous a donné à lire de vilains petits livres libidineux ?

— Je ne lui en ai jamais donné…

— Vous ne lui avez pas montré non plus certaines gravures que j'ai aperçues dans votre bibliothèque ?

— Elle les a trouvées alors que j'avais le dos tourné…

— Et sans doute avez-vous éprouvé le besoin de les lui expliquer ?

— Je ne suis pas le premier homme de mon âge à avoir pour maîtresse une jeune fille… Je ne l'ai pas forcée… Elle était très amoureuse…

Maigret eut un rire injurieux en examinant le bonhomme des pieds à la tête.

— C'est elle aussi qui a eu l'idée d'appeler Retailleau ?

— Avouez que, si elle a pris un autre amant, cela ne me regarde pas. Je trouve que vous avez un certain toupet de me le reprocher, à moi ! Tout à l'heure, devant mon ami Naud…

— Comment dites-vous ?

— Devant Naud, si vous préférez, je n'ai pas osé répondre et vous aviez la partie belle…

Une auto s'arrêtait devant le perron. Maigret allait ouvrir, disait, comme s'il eût été le maître de maison :

— Montez vite chez Geneviève…

Puis il rentrait au salon, sa lettre toujours à la main.

— C'est vous, Groult, qui, quand elle vous a annoncé qu'elle était enceinte, avez été pris de panique. Vous êtes un lâche. Vous avez toujours été un lâche. La vie vous fait si peur que vous n'osez pas vivre par vous-même et que vous vous raccrochez à la vie des autres…

» Cet enfant, il allait le faire endosser par un imbécile quelconque qui en prendrait la paternité…

» C'était tellement pratique !… On attirait un

jeune homme qui se croyait aimé pour de bon... Un beau jour, on lui annonçait que ses étreintes avaient eu des suites... Il n'avait qu'à se présenter devant le papa, se jeter à genoux, demander pardon, se déclarer prêt à réparer...

» Et vous, vous seriez resté l'amant, hein ?

» Salaud !

C'était une petite phrase du Grêlé qui l'avait mis sur la piste :

— *Albert était furieux... Il a bu plusieurs verres d'alcool coup sur coup avant d'aller au rendez-vous...*

Et l'attitude du jeune homme devant le père de Geneviève ? Il avait été insolent. Il avait employé, pour parler de Geneviève, les mots les plus orduriers.

— Comment a-t-il été au courant ?

— Je ne sais pas...

— Vous préférez que j'aille le demander à la jeune fille ?

Groult haussa les épaules. Qu'est-ce que cela changeait, après tout ? On ne pouvait quand même rien contre lui.

— Retailleau allait chaque matin à la poste prendre le courrier de ses patrons au moment où on le triait... Il passait de l'autre côté de la cloison... Il aidait parfois à trier la correspondance... Il a reconnu, sur une lettre qui m'était adressée, l'écriture de Geneviève, car, depuis quelques jours, elle n'était pas parvenue à me voir seule à seul...

— Je comprends...

— Sans cela, tout s'arrangeait... Et, si vous ne vous en étiez pas mêlé...

Bien sûr qu'Albert était furieux ce soir-là, quand il allait voir une dernière fois, la fameuse lettre dans sa poche, la jeune fille qui s'était jouée de lui ! Et comment n'aurait-il pas cru que tout le monde était d'accord pour le berner, y compris les parents ?

On lui avait joué la comédie. On la lui jouait encore. Le père faisait semblant de le surprendre pour le décider au mariage...

— Comment avez-vous su qu'il avait intercepté la lettre ?

— Je suis allé à la poste un peu plus tard... La receveuse m'a dit :

» — Tiens, je croyais qu'il y avait une lettre pour vous...

» Elle l'a cherchée en vain... J'ai téléphoné à Geneviève... J'ai demandé à la receveuse qui était là quand on triait le courrier et alors j'ai compris, j'ai...

— Vous avez senti que cela tournait mal et vous avez éprouvé le besoin d'aller voir à La Roche votre ami le chef de cabinet du préfet...

— Cela me regarde...

— Qu'en dites-vous, Justin ?

Mais celui-ci évita de répondre. On entendait des pas lourds dans l'escalier. La porte s'ouvrit. Étienne Naud parut, morne, abattu, ses gros yeux pleins de questions auxquelles il essayait en vain de répondre. À ce moment, Maigret, qui avait la lettre à la main, laissa tomber celle-ci avec tant de maladresse qu'elle vint se poser sur les bûches et flamba aussitôt.

— Qu'est-ce que vous faites ?

— Je vous demande pardon… Il est vrai que cela n'a pas d'importance, puisque votre fille est sauvée et qu'elle pourra vous dire elle-même ce qu'il y avait dans sa lettre…

Naud fut-il dupe ? N'était-il pas plutôt comme ces malades qui devinent le mensonge autour d'eux, qui ne croient qu'à demi et même pas du tout aux paroles optimistes du médecin, mais qui quêtent ces mêmes paroles, qui ont besoin de se rassurer coûte que coûte ?

— Elle va mieux, n'est-ce pas ?

— Elle dort… Il paraît que tout danger est écarté, grâce à votre rapide intervention… Je vous remercie du fond du cœur, commissaire…

Pauvre bonhomme qui avait l'air de flotter dans le salon comme dans un vêtement devenu trop grand pour lui. Il regarda la bouteille d'armagnac, faillit s'en verser un verre ; une pudeur le retint et il fallut que Maigret le servît et se servît lui-même.

— À la santé de votre fille et à la fin de tous ces malentendus…

Naud leva sur lui de gros yeux étonnés, car ce mot « malentendus » était bien le dernier qu'il s'attendît à entendre prononcer.

— Nous avons bavardé pendant que vous étiez là-haut… Je crois que votre ami Groult a une révélation très importante à vous faire… Figurez-vous que, sans en avoir parlé à personne, il est en instance de divorce…

L'autre comprenait de moins en moins.

— Oui… Il a d'autres projets… Tout cela ne vous fera peut-être pas un plaisir fou… Un vase raccommodé n'est jamais un vase intact, mais c'est un vase quand même, n'est-ce pas ? Allons ! je tombe de sommeil… Ne m'a-t-on pas dit tout à l'heure qu'il y a un train le matin ?

— À six heures onze… intervint Cavre. Je crois d'ailleurs que je vais le prendre…

— Eh bien ! nous ferons le voyage ensemble… Je vais, en attendant, m'étendre deux ou trois heures…

Il ne put s'empêcher de s'arrêter devant Alban et de laisser tomber :

— Saloperie !

Il y avait toujours du brouillard. Maigret avait interdit qu'on l'accompagnât à la gare et Étienne Naud s'était incliné devant sa volonté.

— Je ne sais comment vous remercier, monsieur le commissaire. Je ne me suis pas conduit à votre égard comme j'aurais dû…

— Vous m'avez fort bien reçu et j'ai fait chez vous d'excellents repas.

— Vous direz à mon beau-frère…

— Mais oui !… Ah ! un conseil, si vous le permettez… Au sujet de votre fille… Ne la tourmentez pas trop…

Un pauvre sourire du père montra à Maigret que Naud avait compris, peut-être au-delà de ce qu'on pouvait supposer.

— Vous êtes un type très bien, commissaire. Très, très bien !… Ma reconnaissance…

— Votre reconnaissance, comme disait un de mes amis, ne s'éteindra qu'avec votre dernier soupir…

Adieu !… Envoyez-moi de temps en temps une petite carte…

Il laissait derrière lui la lumière de la maison qui paraissait assoupie. Deux ou trois fumées seulement s'élevaient des cheminées du village et se mêlaient au brouillard. La laiterie travaillait à plein rendement et ressemblait de loin à une usine tandis que le vieux Désiré poussait son bateau chargé de cruches de lait le long du canal.

Sans doute Mme Retailleau dormait-elle, et la petite postière, et Josaphat cuvant son vin, et…

Jusqu'à la dernière minute, Maigret eut peur de rencontrer Louis le Grêlé qui avait mis tant d'espoir en lui et qui, tout à l'heure sans doute, quand il apprendrait son départ, dirait avec amertume :

— *Il en était aussi !*

Ou bien :

— *Ils l'ont eu !*

S'*ils* l'avaient eu…

Pas avec de l'argent, en tout cas, ni avec de belles paroles.

Et, tout en attendant le train au bout du quai, près de sa valise qu'il surveillait, Maigret parlait tout seul :

— Vois-tu, mon petit, moi aussi je suis de ceux qui, comme toi, voudraient que tout soit beau et propre sur la terre… Moi aussi, je souffre et je m'indigne quand…

Tiens ! Cavre arrivait et restait debout à cinquante mètres du commissaire.

— Ce bonhomme-là, par exemple… C'est une fripouille… Il est capable de toutes les canailleries… Je sais ce que je dis… Et pourtant j'ai un peu pitié de lui… Je le connais… Je sais ce qu'il vaut et ce qu'il souffre… À quoi aurait servi de faire condamner Étienne Naud ?… Et, d'abord, aurait-il été condamné ?… Il n'y a pas de preuves contre lui… L'affaire aurait remué des tas de boue… Geneviève serait venue à la barre… Quant à Alban, il n'aurait pas seulement été inquiété… Il aurait été bien content, en somme, d'être débarrassé de ses responsabilités…

Le Grêlé n'était pas là, et cela valait mieux, car, malgré tout, Maigret n'était pas fier, et son départ dans le petit matin avait les allures d'une fuite.

— Tu comprendras plus tard… *Ils* sont forts, comme tu dis… *Ils* se tiennent…

Justin Cavre, qui avait aperçu Maigret, s'était rapproché, mais n'osait pas lui adresser la parole.

— Vous entendez, Cavre ? Je suis en train de parler tout seul, comme un vieux…

— Vous avez des nouvelles ?

— Des nouvelles de quoi ? La jeune fille va bien. Le père et la mère… Je ne vous aime pas, Cavre… Je vous plains, mais je ne vous aime pas… On n'en peut rien… Il y a des bêtes qui vous sont sympathiques et d'autres qui ne le sont pas… Je vais cependant vous confier quelque chose… Il y a une expression qui me paraît la plus hideuse de tout le vocabulaire mondain ou populaire, une expression qui me fait sursauter et grincer des dents chaque fois que je l'entends… Savez-vous ce que c'est ?

— Non.

— *Tout s'arrange !…*

Le train arrivait. Et, dans le vacarme grandissant, Maigret criait :

— Or, vous verrez que tout s'arrangera...


Deux ans plus tard, en effet, il apprenait par hasard qu'Alban Groult-Cotelle avait épousé, en Argentine, où son père avait monté un gros élevage, Mlle Geneviève Naud.

— Tant pis pour notre ami Albert, n'est-ce pas, Louis ? Il faut bien qu'il y ait un pauvre type qui paie pour les autres !

# Retrouvez les enquêtes du commissaire Maigret dans la collection Folio Policier

**Georges Simenon**
**La maison du juge**

Tombé en disgrâce, Maigret a été nommé en Vendée où il s'ennuie. Un jour, on signale la présence d'un cadavre dans la maison d'un ancien juge. Maigret arrive dans un village de pêcheurs méfiants, obéissant à ses propres règles et faisant front devant l'étranger. Ce qu'il va découvrir à force de patience dépasse le simple fait divers…

**La maison du juge**

**Georges Simenon**
**Cécile est morte**

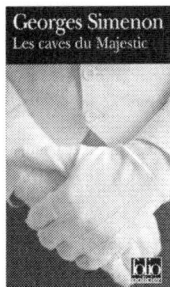

Maigret s'en veut. Elle lui avait pourtant demandé de l'aide. Cécile venait chaque matin l'attendre dans l'antichambre de son bureau de la P.J., à tel point que ses collègues jasaient et se moquaient de lui. Elle racontait que quelqu'un, chez sa tante, entrait sans laisser de traces. Visitait… Maigret était occupé. Les affaires courantes… Il aurait dû savoir.

**Cécile est morte**

**Georges Simenon**
**Les caves du Majestic**

Prosper, employé d'un palace sur les Champs-Élysées, trouve de bon matin le cadavre d'une cliente tassé dans l'une des armoires métalliques du vestiaire. Que faisait là cette jeune Américaine ? Maigret découvre alors un monde avec ses codes et ses drames, où la richesse extrême côtoie la précarité, la fatigue et le travail de ceux qui, dans l'ombre, servent, regardent, et n'en pensent pas moins…

**Les caves du Majestic**

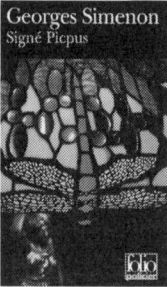

Georges Simenon
Signé Picpus

« Demain, à cinq heures de relevée, je tuerai la voyante. Signé : Picpus. »
Qui est ce Picpus ? Quelle voyante ? Pourquoi ce crime invraisemblable et sans mobile annoncé ? Maigret, qui a fait établir une surveillance très large au risque d'être ridicule, en arrive, pour la première fois de sa carrière, à souhaiter que le meurtre ait bien lieu…

**Signé Picpus**

Georges Simenon
Félicie est là

Le paisible retraité dont Félicie tient le ménage a été assassiné. Maigret, avec sa sagacité habituelle, a tout de suite compris que la jeune fille au physique ingrat savait quelque chose. Rarement un témoin aura donné autant de fil à retordre au célèbre commissaire…

**Félicie est là**

# DU MÊME AUTEUR

*Dans la collection Folio Policier*

*Les enquêtes du commissaire Maigret*

SIGNÉ PICPUS, Folio Policier n° 591.

LES CAVES DU MAJESTIC, Folio Policier n° 590.

CÉCILE EST MORTE, Folio Policier n° 557.

LA MAISON DU JUGE, Folio Policier n° 556.

FÉLICIE EST LÀ, Folio Policier n° 626.

L'INSPECTEUR CADAVRE, Folio Policier n° 671.

*Romans*

LOCATAIRE, Folio Policier n° 45.

45° À L'OMBRE, Folio Policier n° 289.

LES DEMOISELLES DE CONCARNEAU, Folio Policier n° 46.

LE TESTAMENT DONADIEU, Folio Policier n° 140.

L'ASSASSIN, Folio Policier n° 61.

FAUBOURG, Folio Policier n° 158.

CEUX DE LA SOIF, Folio Policier n° 100.

CHEMIN SANS ISSUE, Folio Policier n° 247.

LES TROIS CRIMES DE MES AMIS, Folio Policier n° 159.

LA MAUVAISE ÉTOILE, Folio Policier n° 213.

LE SUSPECT, Folio Policier n° 54.

LES SŒURS LACROIX, Folio Policier n° 181.

LA MARIE DU PORT, Folio Policier n° 167.

L'HOMME QUI REGARDAIT PASSER LES TRAINS, Folio Policier n° 96.

LE CHEVAL BLANC, Folio Policier n° 182.

LE COUP DE VAGUE, Folio Policier n° 101.

LE BOURGMESTRE DE FURNES, Folio Policier n° 110.

LES INCONNUS DANS LA MAISON, Folio Policier n° 90.

IL PLEUT BERGÈRE…, Folio Policier n° 211.

LE VOYAGEUR DE LA TOUSSAINT, Folio Policier n° 111.

ONCLE CHARLES S'EST ENFERMÉ, Folio Policier n° 288.

LA VEUVE COUDERC, Folio Policier n° 235.

LA VÉRITÉ SUR BÉBÉ DONGE, Folio Policier n° 98.

LE RAPPORT DU GENDARME, Folio Policier n° 160.

L'AÎNÉ DES FERCHAUX, Folio Policier n° 201.

LE CERCLE DES MAHÉ, Folio Policier n° 99.

LES SUICIDÉS, Folio Policier n° 321.

LE FILS CARDINAUD, Folio Policier n° 339.

LE BLANC À LUNETTES, Folio Policier n° 343.

LES PITARD, Folio Policier n° 355.

TOURISTE DE BANANES, Folio Policier n° 384.

LES NOCES DE POITIERS, Folio Policier n° 385.

L'ÉVADÉ, Folio Policier n° 379.

LES SEPT MINUTES, Folio Policier n° 398.

QUARTIER NÈGRE, Folio Policier n° 426.

LES CLIENTS D'AVRENOS, Folio Policier n° 442.

LA MAISON DES SEPT JEUNES FILLES *suivi du* CHÂLE DE MARIE DUDON, Folio Policier n° 443.

LES RESCAPÉS DU TÉLÉMAQUE, Folio Policier n° 478.

MALEMPIN, Folio Policier n° 477.

LE CLAN DES OSTENDAIS, Folio Policier n° 558.

MONSIEUR LA SOURIS, Folio Policier n° 559.

L'OUTLAW, Folio Policier n° 604.

BERGELON, Folio Policier n° 625.

LONG COURS, Folio Policier n° 665.

CHEZ KRULL, Folio Policier n° 670.

*Composition : Interligne*
*Impression Novoprint*
*le 15 septembre 2012*
*Dépôt légal : septembre 2012*

ISBN 978-2-07-030636-7./Imprimé en Espagne.